프로게이머

프로게이머 5

초판 1쇄 인쇄일 2017년 6월 15일 ㅣ **초판 1쇄 발행일** 2017년 6월 19일

지은이 랑느 ㅣ **펴낸이** 곽동현 ㅣ **담당편집 팀장** 이범수
편집부 신연제 이윤아 홍현주 김유진 조서영 임소담 정요한

펴낸곳 (주)조은세상 ㅣ **출판등록** 제 2002-23호
주소 경기도 연천군 미산면 청정로 1355
TEL 편집부 02)587-2966 ㅣ FAX 02)587-2922
e-mail bukdu@comics21c.co.kr

랑느 ⓒ 2017
ISBN 979-11-6171-064-8 ㅣ ISBN 979-11-5832-825-2(set) ㅣ 값 8,000원

랑느 현대판타지 장편소설

NEO MODERN FANTASY STORY

프로게이머

PROGAMER

5

북두

(주)좋은세상

랑느 현대판타지 장편소설

NEO MODERN FANTASY STORY

CONTENTS

21장. 난타전 … 7

22장. 우승으로 … 65

23장. 세계 무대 … 123

24장. 세계로 데뷔! … 181

25장. 성장. 또 성장. … 237

21장. 난타전

PROGAMER

프로게이머
PROGAMER

21장. 난타전

2세트를 준비하는 동안 미리 준비한 전략에 큰 변화를 주지는 않았다.

1세트에서 이미 카우스타의 탑 라인 활용이 나왔기에 ST S는 어떤 식으로든 카우스타를 견제할 수밖에 없었다.

본인들이 카우스타를 가져가건 밴 카드를 활용하건 말이다.

"그냥 준비했던 나무요정 조합으로 나갑니다. 지금부터 와드, 라인 미는 타이밍 등 우리가 훈련한 ST S의 모든 정보를 머릿속에 지우세요."

예상하지 못했던 변수 때문에 중요한 결승전 무대에서

다 잡은 경기를 뒤집혀 1패로 시작하게 된 것은 뼈아픈 일이었다.

그러나 준비한 카드를 잘 활용할 수 있다면 아직 승산은 충분히 있었다.

이미 1세트 경기에서 카우스타 탑 라인 활용이 얼마나 좋은지 드러났다.

카우스타 픽에는 문제가 없었던 것이다.

2세트 역시 탑 라인에서 주도권을 잡고 아래로 그 이득을 뿌리는 방식의 운영을 할 생각이었다.

"2경기는 탑 선수 교체 할게요. 장 코치님 신청서 좀 제출해주세요."

"그래, 그렇게."

안정적인 성향의 도경민 보다는 나무요정을 플레이하는 데 있어 강영식의 캐리력이 조금 더 도움이 될 거라 생각했다.

물론, 퓨어 탱커 포지션의 챔피언이기에 도경민이 못 다루는 것은 아니지만 시종일관 공격적인 플레이를 펼칠 생각이기에 과감한 돌파가 가능한 강영식을 기용했다.

강영식은 본인 특유의 성향을 살린 플레이로 클라우트 장원영이 어떤 챔피언을 들고 나오든 주도권을 쥐고 흔드는 공격적인 운영을 보여줄 것이었다.

이번에 팀 데몬이 준비해 온 탑 라인 챔피언을 보고 팬들은 또 다시 함성을 질렀다.

나무요정의 부활!

이게 얼마 만에 공식전 경기인가.

길고 길었던 나무요정의 공백을 깨고 드디어 출전하게 된 것이다.

스킬 특성상 탱킹형 챔피언으로 탑 라인 기용이 충분히 가능하다고는 생각했지만 성능은 예상했던 것보다 훨씬 더 좋았다.

무엇보다 송곳부리 캠프에 묘목 세 개를 심고 탑으로 올라가는 플레이는 모두의 감탄을 자아냈다.

먼저 2레벨을 찍고 시종일관 몰아붙이는 볼매 강영식의 플레이도 제법 나무요정과 잘 어울렸다.

이윽고 카젝스 픽을 하면서 완전히 공격적인 포지션을 차지하기로 정한 미스터 큐 안상규의 갱킹으로 인해 1세트에 이어 2세트에서도 선취점은 탑 라인에서 나왔다.

와아아아아아아아아아!

함성을 지르는 팀 데몬의 팬들과 다르게 ST S의 팬들은 믿을 수 없다는 듯 두 눈을 부릅떴다.

그도 그럴 것이 ST S의 탑 라인을 담당하는 클라우트 장원영은 단단함의 대명사와 같은 선수였다.

라인 스왑 이후 철거 메타가 유행하던 시기 2:1, 3:1 상황이나 일반적인 운영전에서의 다이브 플레이 등 수많은 불리한 상황에도 단단하게 버티며 이득을 챙기는 모습을 수도 없이 연출한 선수 중 하나였다.

그런 클라우트 장원영이 2게임 연속으로 탑 라인에서 선취점을 내준다는 건 믿을 수 없는 일이었다.

그것도 본인이 가장 잘 다룬다고 정평이 나 있던 챔피언 닥터문도를 들고 말이다.

버티는 것에 특화된 플레이가 가능한 닥터문도는 식칼 파밍도 제대로 못 할 만큼 주도권을 내주고 휘둘리다가 죽어버렸다.

1세트 상대는 카우스타, 2세트 상대는 나무요정.

익숙하지 않은 챔피언을 상대했다는 걸로 변명하기에는 무대의 중요도가 너무나도 높았다.

선취점 킬 포인트를 획득한 강영식의 나무요정은 오란 링을 기반으로 라인전에서 유지력과 강력함을 동시에 쥘 수 있었다.

적에게 이동하며 CC기를 거는 스킬 뒤틀린 전진이 시전 중 어그로를 풀어 버리는 효과가 있어 다이브 플레이에도 제법 힘을 쓸 수 있었고 다이브를 당하는 상태에서 반격을 가하는데도 용이했다.

"와아…. 나무요정 픽이 이런 효과를 보여주네요. 정글 카젝스랑 궁합이 너무나도 잘 맞습니다!"

"일단 벌써 탑에서만 세 개의 킬 포인트를 올렸어요. 바텀은 팀 데몬이 약간 우세하고 미드라인은 반반싸움 가는 중이죠. 정글러도 팀 데몬 측이 더 풀렸으니 다시 한 번 초반 주도권은 팀 데몬에게 넘어갑니다."

"1세트에서도 이런 상황에서 몇 번이나 실수라고 할 수 있는 플레이를 거듭하면서 역전 당했거든요? 이번 세트는 과연 어떨까요?"

"아마, 1세트 경기에 대한 피드백이 제대로 되었다면 넘어가기 쉽지 않을 겁니다. 나무요정은 말 그대로 지금 괴물이에요. 괴물!"

잘 큰 나무요정의 위력은 5:5 한타 페이즈에서 극명하게 드러났다.

"뒤틀린 전진!"

"나무요정이 완전히 길목을 막고 서서 버텨주니까 ST S 선수들이 팀 데몬의 딜러진을 노릴 수가 없습니다!"

"일방적으로 두드려 맞는 것 같죠?"

"우와아! 나무요정 유지력을 보세요. 저게 말이 됩니까? 체력이 닳으면 차오르고 다시 닳으면 차오릅니다! 누가 힐러 뽑았나요?"

"패시브 스킬의 효과죠. 피아구분 없이 근처에서 스킬이 발동되면 중첩이 차오르고 일정 중첩이 되면 기본 공격에 체력 회복 효과가 생기잖습니까? 이건 5:5 싸움이에요! 체력을 회복하고 나면 다시 중첩이 차고 다시 회복하면 또 중첩이 쌓이는 거죠! 어마어마한 탱킹력!"

나무요정의 압도적인 탱킹력을 기반으로 팀 데몬은 단단한 바위처럼 움직였다.

ST S는 이런저런 시도를 많이 했지만 단단한 팀 데몬의 팀워크에 균열을 만들어내지 못했다.

모든 시도는 번번이 수포로 돌아갔다.

1세트 경기에서 수작을 걸면 거는 족족 당해주던 팀 데몬의 모습과는 완전히 달라진 상황이었다.

"도대체 1세트 경기가 끝나고 대기 시간에 팀 데몬 대기실에서 무슨 일이 있었던 걸까요? 무슨 일이 있었나요!"

"1세트와 완전히 다른 팀이 되어있습니다. 아까보다 훨씬 상황이 좋은데도 과감한 플레이로 무리수를 던지지도 않고요. 더 단단한 나무요정은 바디체크도 하지 않습니다. 묘목으로 시야 확인을 하며 한 걸음씩 천천히 전진합니다!"

"크고 단단한 덩어리가 천천히 전진하는 모습이 흡사 거대한 기갑탱크의 진격을 보는 것 같습니다!"

"맞습니다. 화력도 탱크만큼이나 나오겠죠! 그냥 미드

라인으로 진격해 버리는 팀 데몬! 맞붙습니다!"

이미 격차가 벌어진 상황에서 무리한 플레이를 극도로 자제한 팀 데몬이 실점하지 않았으니 거의 확신에 찬 진격이라고 봐도 무방했다.

이미 탑 라인의 아이템 차이는 1.5코어 차이로 돌이킬 수 없는 수준이었다.

나무요정은 탑, 미드, 원딜을 상대로 3:1로 싸우면서도 기어이 미드, 원딜 중 하나는 죽이고 살아서 도망칠 수 있을 만큼 괴물이 되어 있었다.

그러나 손 놓고 당하는 것은 ST S 답지 않은 플레이.

이기지 못할 것을 알면서도 마지막까지 최선을 다 하는 브레이커 이상현의 슈퍼 플레이가 터져 나왔다.

"브레이커 이상현의 제이드가 후방으로 파고들어갑니다! 팀 데몬의 원딜 이즈에게 궁극기 작렬!"

"일단 이즈한테 궁 썼죠!"

"깔끔하게 표창을 던져 맞추고 그림자로 복귀!"

"유유히 빠져나가는데요? 이즈 죽나요? 뚝나요?"

"아아! 이즈 삭제! 우와! 진짜 깔끔한 콤보였죠!"

"베놈 권진욱 선수가 곧장 궁극기 빠진 제이드를 쫓습니다!"

"도망치는 이상현! 추격하는 권진욱!"

"도망치는 제이드! 추격하는 제이크!"

포킹 스킬을 깔끔하게 적중시킨 베놈 권진욱의 제이크가 곧장 해머 폼으로 스위치하더니 앞 점멸을 타고 들어가 이상현의 제이드에게 폭딜을 꽂아 넣었다.

와아아아아아아아아아아아아!

순식간에 터져버린 이상현의 제이드를 보면서 팀 데몬의 팬들이 함성으로 경기장을 흔들어댔다.

유일하게 제대로 된 딜을 뿜어낼 수 있는 이상현의 제이드가 다운되었다는 것은 더 이상 ST S가 버틸 여력이 없다는 것을 뜻하는 것이었다.

"팀 데몬 선수들! 무섭습니다. 1세트와 다른 팀이 되어 돌아왔습니다!"

"적의 남은 챔피언들보다도 포탑이 더 위험하다는 판단인가요? 그냥 나무요정의 탱킹 지원만 받은 채로 포탑 먼저 일점사 해서 부수는 팀 데몬!"

"포탑 제거가 끝나자마자 학살이 시작됩니다!"

"더블 킬! 트리플 킬!"

"넥서스 터집니다! 터집니다! 아아! GG!"

나무요정으로 시작해서 나무요정으로 이어졌다가 나무요정으로 끝난 게임이라고 해도 과언이 아니었다.

두 세트를 연속으로 탑에서 버티지 못하는 ST S.

게다가 탑 라인 후보 선수도 없는 고정 스쿼드를 지닌 ST S라 3세트 이후 경기를 치루는 데 있어 비상이 걸린 셈이었다.

♦

대기실로 돌아온 선수들의 표정이 상기되어 있었다.

힘들게 준비했던 ST S 대응 전략이 수포로 돌아가며 불의의 일격을 당하기는 했지만 준비했던 다른 카드는 훌륭하게 먹혀 들어갔으니 고무적인 분위기가 형성되는 것이 이상한 일도 아니었다.

하지만 나는 최대한 평정심을 유지한 채로 팀원들을 결집시켰다.

"탑 라인 캐리가 나오면서 비교적 수월하게 이기기는 했지만 진짜 게임은 지금부터 시작이에요."

"맞아. 다들 긴장 풀지 말고 이제부터 머리를 제대로 잘 써야 해. 알지?"

장민석 코치가 나의 의견에 힘을 보태 주었다.

선수들의 사기와 관계없이 전략을 준비하는 코치진의 승부는 이제부터인 것이다.

이미 우리가 준비한 카우스타와 나무요정 카드를 다 보여주었다.

그리고 천만다행으로 둘 다 제대로 먹혀 들어갔다.

ST S가 바보가 아닌 이상에야 두 개의 카드를 견제할 방법을 들고 나올 것이 분명했다.

만에 하나 임정균 코치가 바보라고 할지라도 상관없었다.

지금 저쪽 대기실에는 장노철 감독이 함께하지 않는 가?

두 명의 천재를 상대해야 하기에 결코 마음을 놓을 수 없었다.

"쟤네 베스트는 카우스타 서포터로 가져가고 나무요정 밴 하는 거야. 넘겨주면 골치 아프고 자르기에는 밴 카드 두 개를 낭비해야 하니까."

장민석 코치의 발언이었다.

확실히 ST S가 가져올 수 있는 최상의 선택은 저것이었다.

그렇지….

저쪽이 둘이라고 흔들릴 필요가 없었다.

애초에 나도 혼자가 아니었구나.

장민석이라는 훌륭한 코치가 전력을 다 해 돕는 중이었다.

이 역시 익숙함 뒤에 가려진 특별함이 아닌가.

장민석 코치 그 이름값은 결코 어디에서 뒤떨어질 수준의 것이 아니었다.

준 플레이오프 단계에서 ST S를 상대로 2세트를 따내며 궁지까지 몰아붙였던 팀 엔젤의 유능한 지도자였다.

그 사실을 깨달음과 동시에 무겁게 한 구석을 짓누르고 있던 마음에 부담감이 많이 덜어졌다.

"장 코치님 의견을 듣고 싶습니다."

"탑 라인에 준비한 무기들에만 신경 쓰다가는 우리가 목 메는 꼴이 될 거야. 기습적으로 허를 찌를 무언가가 필요 해."

"더 이상 준비한 카드가 없습니다만…."

"지금이라도 만들어 내야지."

장민석 코치는 본인의 장기를 드러내기 시작했다.

내가 기억과 경험 속에서 새로운 카드를 찾아 꺼내오는 편이라면 이 인간은 정말 순수하게 본인의 감과 플레이 하 며 수집한 정보로 새로운 챔피언 카드를 뽑아낸다.

그렇게 차곡차곡 모아둔 카드들은 패치 한 번이 거듭 되면 물거품처럼 사라져 버리기도 하지만 언젠가 써 먹을 조커 카드 발굴 작업을 절대 멈추지 않는 것이 장 코치였 다.

그렇게 모아둔 카드 중 하나를 꺼낸 장민석 코치가 내게 조용히 자신의 생각을 말하기 시작했다.

그의 카드와 생각을 전략으로 다듬고 적용시키는 것이 나의 몫이고 거기에 맞춰 함께 팀워크를 이용해 경기를 치 루는 것이 팀원들의 몫이었다.

이렇게 우리는 한 팀이 되어 움직였다.

◆

세 번째 세트에서 팀 데몬이 들고 나온 전략은 완벽하게 적의 허를 찌르는 깜짝 조합이었다.

많은 이들의 예상처럼 ST S는 탑 라인의 주도권을 잡지 못하면 게임이 계속 힘들어진다는 사실에서 심각성을 깨닫고 전면적으로 밴픽 구도의 전략을 수정한 채 출전했다.

선픽 타이밍을 노려 카우스타를 서포터 활용을 위해 가져가면서 나무요정을 금지시키는 것으로 새로운 팀 데몬의 무기를 무력화 시킨 것이다.

효과적인 방법이었지만 잃는 것도 분명 있었다.

먼저, 카우스타를 서포터로 기용하기 위해서 필연적으로 서포터의 OP로 불리는 브라운을 ST S의 손으로 직접 잘라야만 했다.

나무요정을 밴 해야 했으니 이미 2개의 밴 카드가 날아가 버린 상황.

아직 미드라인 OP와 나탈리 정글 등 견제해야 할 카드가 많은 상황에서 턱없이 모자란 밴 카드 개수였다.

이 상황을 예상하지 못했을 리 없는 팀 데몬은 곧바로 새로운 조합을 들고 나왔다.

팀 데몬

탑 – 션

정글 – 나탈리

미드 – 이즈

원딜 – 애시

서포터 – 리오나

다시 시즌 초반으로 돌아간 것만 같은 극단적인 컨셉의 포킹 조합.

미드라인 OP 챔피언들이 죄다 열려 있음에도 불구하고 이즈를 미드에서 기용하는 예상치 못한 강수를 두며 포킹라인에 힘을 실었다.

정글 나탈리를 가져간 미스터 큐 안상규는 완전히 판을 뒤흔들 각오로 표정마저 비장했다.

탑 라인에 션을, 서포터에 리오나를 기용하며 탱킹, CC, 이니시와 유틸까지 고루 밸런스를 갖췄고 션의 글로벌 궁극기로 운영의 여지도 있는 조합이었다.

5:5의 정석 한타로 맞붙게 된다면 밀릴지 모르나 그것도 중반까지의 이야기.

갈수록 강해지는 원딜 특성상 2원딜 조합은 후반에 이르면 5:5 한타도 매우 강력해지는 법이었다.

처음부터 나탈리, 이즈, 리오나를 뽑아둔 상태로 ST S의 조합이 먼저 완성되어야 했기에 이즈가 미드라인으로 갈 거란 예측은 전혀 못 한 상황이었다.

반면 ST S의 조합은 오랜만에 평범했다.

ST S
탑 - 닥터문도
정글 - 거미여왕
미드 - 카샤딘
원딜 - 트이치
서포터 - 카우스타

일단은 카우스타 픽을 가져오면서 적의 주력 카드 하나를 제거했고 열린 OP 중 카샤딘을 다른 사람도 아닌 브레이커 이상현이 가져왔기에 매우 위협적으로 보였다.

물론, ST S도 그렇게 생각했기 때문에 이런 조합을 만들었을 것이 분명했다.

하지만 대치전이 길어진다면 포킹 세례를 케어해줄 챔피언의 부재가 가장 큰 약점으로 보였다.

게임이 시작되고 팀 데몬의 노림수가 먹혀드는 모습이 여실하게 보였다.

2, 3레벨 단계에서 압도적으로 강한 이즈 픽을 이용해 미드라인에서의 주도권을 잡는 것에 성공한 베놈 권진욱은

정글러 미스터 큐 안상규의 보호 아래 격차를 크게 벌리기 시작했다.

"미드라인에서 이즈를 상대로 카샤딘을 플레이 한다면 브레이커 이상현이 아니라 로크의 신이 온다고 해도 힘들 죠."

"확실하게 상성이라는 게 존재 하거든요? 카샤딘이 6레 벨을 찍고 나면 어떻게 될지 모르겠습니다만 그 전에는 절 대로 상대가 불가능합니다."

"그런 의미에서 6레벨이 되더라도 싸울 수 있을 만큼 이 즈 입장에서는 격차를 벌려놔야겠죠?"

"지금 상황만 놓고 보면 아주 잘 하고 있어요. 언젠가 팀 엔젤이 보여줬던 플레이 같은데요? 집요하게 미드라인 을 물고 늘어지며 브레이커 이상현 선수를 말리고 있어 요."

해설진은 핵심을 제대로 꿰뚫어 보았다.

팀 엔젤에게 패배하고 포스트 시즌 최하위 순위로 떨어 지며 ST S가 흔들릴 때 베놈 권진욱에게 손을 내밀었던 당 시를 떠올려 보자면 충분히 동감할 수 있었다.

바텀 라인의 주사위 같은 원딜러 비글 최강진의 공격성 을 최대한 억제시킨 ST S를 미드라인부터 파괴하면서 제 대로 힘 한 번 써보지 못하게 만들었던 전략.

몸으로 치자면 허리를 부수는 것과 같은 이치였다.

아직 이 문제점에 대한 해법을 제대로 찾지 못하고 그저 최강진의 공격성을 다시 풀어주는 방향으로 임시 대처했던 ST S 입장에서는 매우 피곤한 상태였다.

집요한 구석이 무기가 될 수 있다면 이미 팀 데몬에게 있어서 집요함이라는 무기 중 가장 최상급의 무기를 지니고 있었다. 진돗개 운영이라는 별명이 괜한 것이 아니었듯 끈질기게 미드라인을 압박했다.

그 결과 미드라인에서 브레이커 이상현을 상대로 무려 세 개의 킬 포인트를 가져올 수 있었다.

"이즈 화력 이거 감당 안 될 것 같은데요?"

"공교롭게도 이즈가 세 개의 킬 포인트를 다 가져갔고요. 차례로 탑 션, 정글 나탈리, 서포터 리오나가 어시스트를 한 개씩 기록했습니다."

"포킹 단계가 오면 싸워보지도 못하고 끌려 다닐 것 같은데요? 어떻게 생각하십니까?"

"심지어 션이 있어서 운영 당하기도 너무 좋아요. 카샤딘이 제대로 크지 못했으니 강제 이니시 수단도 카우스타를 제외하면 없고요. 빈약합니다. 아아!"

우리는 ST S다!

지던 경기 뒤집어 본 게 한 두 번이냐!

심지어 오늘의 1세트는 초 장기전 역전 게임이었다!

조금 덜 커도 제 몫은 한다. 그게 브레이커 이상현이다!

필살 카드 전부 막혔는데 무난하게 가서 이길까보냐!

ST S의 팬들은 이런 믿음으로 뜻을 하나로 모아 팀과 선수들의 이름을 계속해서 외쳤다.

그러나 간절한 바람만으로 경기를 좌지우지할 수 있다면 프로게이머가 왜 존재하겠는가.

"드래곤 서식지 주변에서 대치! 카우스타가 들어갈 각을 보려는데 계속해서 뭔가가 날아와요!"

"이즈의 신비한 화살, 애시의 얼음 화살, 나탈리의 투창이 사방에서 날아옵니다!"

"아니, 이거 지금 슈팅 게임입니까? 총알 피하기 게임 하는 건가요? 아니, 뭐가 저렇게 아픕니까!"

"카우스타가 각 재다가 몇 대 얻어맞고 체력이 절반으로 떨어졌죠? 궁극기를 먼저 쓰고 각을 볼 수는 없잖아요!"

"원딜이나 미드가 맞으면 재앙입니다!"

그 목소리가 끝나기도 전에 잘 큰 이즈의 포킹이 최강진의 트이치에게 적중했다.

하필 기본공격 강화 아이템 두 개가 구비된 상태에 진화까지 끝난 시점이라 어마어마한 대미지가 꽂혔다.

"아아아아! 빠져야 합니다! 트이치 전투 이탈! 싸우면 집니다! 위험합니다!"

"단 한 발의 화살을 적중시켰을 뿐인데요! 포킹 스킬이 계속 쏟아집니다! 팀 데몬 추격합니다!"

"애시의 궁극기! 수정화살!"

꽁무니를 내빼는 ST S 선수들의 뒤통수에 발사된 애시의 궁극기가 가장 뒤에서 딜을 받아내던 클라우트 장원영의 닥터문도에게 적중했다.

콘셉트부터 챔피언 설계까지 오로지 탱킹을 위해 탄생된 챔피언 닥터문도.

방어력 관련 아이템을 둘둘 두르고 있음에도 불구하고 끝은 비참했다.

"녹아요! 닥터문도 맛 아이스크림이 따로 없습니다!"

"이즈, 애시가 툭툭 치니까 체력이 뭉텅이로 빠져나갑니다! 탱커가 아닌 것 같습니다!"

결국 닥터문도가 터져 버리고 완벽하게 주도권을 틀어쥔 팀 데몬은 드래곤까지 챙기며 더욱 격차를 벌렸다.

팀 데몬의 공세에 완전히 기세가 꺾인 ST S는 곧바로 수비적인 운영에 들어갔다.

일단은 승산이 보이지 않으니 버티고 버티면서 아이템 격차를 줄이고 장기전으로 끌고 가 극 후반 한 번의 기회를 엿보려는 속셈이었다.

이론적으로 최선의 선택일지 모르겠으나 상황이 여의치 않았다.

"일단 팀 데몬이 2원딜이거든요? 극 후반으로 갈수록 불리한 건 ST S인데 버틸 생각인가요?"

"게다가 션의 존재로 운영까지 당할 텐데 버틸 수는 있을지도 의문이죠?"

어째 분위기가 점점 팀 데몬에게 기우는 것 같으니 ST S 팬들의 목소리가 더 크게 울렸다.

이에 질세라 함께 목소리를 높이는 팀 데몬의 팬들!

중계진의 쩌렁쩌렁한 마이크 소리와 함께 양 팀 팬들의 환호와 호응이 더해져 잠실 운동장 실내를 뒤흔들어댔다.

그 와중에도 경기는 계속해서 진행이 되었고 게임은 점점 ST S에게 힘들어졌다.

더 이상은 버티는 것 자체가 의미가 없다는 판단이 들 때 즈음.

[블루 팀 경기 항복에 4/5명 찬성하였습니다.]

우와아아아아아아아아아아아아!

게임 화면에 알림 창이 뜨자마자 팀 데몬 팬들이 함성을 질러댔다.

"아아아아! GG!"

"얼마나 힘들었던 겁니까! 결승전 무대에서 항복이 나오다니요! 아아!"

"오히려 영리한 선택일 수도 있습니다. 더 이상 멘탈에 타격이 오기 전에 잘 끊어냈다고 볼 수도 있어요. 이대로 대기실에서 잘 갈무리한 다음에 4세트 경기를 치러내면 되는 겁니다. 나쁘지 않아요."

"부스로 들어오는 임정균 코치의 표정이 좋지 않습니다. 말이 강하기로 소문 난 코치인데요."

너무나도 압도적인 차이에 빠르게 경기 포기를 선택한 ST S 선수들의 심정을 지금 누가 이해할 수 있을까.

아직 결승전 무대가 끝나지 않았다.

ST S에게도 남은 기회가 있다는 뜻이었다.

그러나 상황은 그렇게 녹록하지만은 않았다.

"다음 세트 경기 ST S는 정말 머리가 많이 아플 겁니다."

"무엇 때문인가요?"

"이번 세트 선픽 주도권을 바탕으로 밴 카드 하나만 사용하면서 나무요정을 자르고 카우스타를 가져갔거든요? 하지만 4세트 선픽은 팀 데몬입니다."

"아아. 그렇다면 두 개의 카드를 사용해서 둘 다 잘라 버리지 않는 이상 또 다시 등장할 가능성이 있다는 거로군요?"

"그게 끝이 아니죠. 어쨌거나 두 개의 카드를 효과적으로 봉쇄한 상태에서 방금 끝까지 버티지도 못하고 항복

선언을 해야 하는 지경에 이르렀거든요? 어려울 겁니다."

"진퇴양난이라는 단어를 ST S 선수들에게 쓰게 될 날이 올 줄은 정말 몰랐습니다만, 그 표현이 가장 적절한 상황인 것 같습니다. 진퇴양난이에요!"

해설진의 설명이 끝나면서 다음 경기를 위한 대기 시간에 돌입했다.

◆

나는 진심으로 장민석 코치에게 감사하다는 말을 하고 싶었다.

생각의 수로화. 사고의 수로화라고도 하는데 너무 몰두해서 생기는 시야가 좁아지는 현상을 말한다.

나는 카우스타와 나무요정 카드를 들고 활용하면서 큰 이득을 본 직후 수로화 현상에 빠졌다.

어떻게든 그 이점을 살리는 방안만을 고민했던 것이다.

그러나 장민석 코치가 그것을 부숴주었다.

본인이 직접 고안해서 사용했던 전략을 전수하며 적의 허를 찌를 수 있는 미드 이즈 픽까지 선뜻 내놓았다.

결과는 어마어마하게 좋았다.

나의 방식을 고려했던 탓일까?

임정균 코치와 장노철 감독이 준비한 카드들은 장민석 코치의 방법에는 먹혀들지 않았다.

비로소 나 혼자 그 둘을 상대하는 것이 아니라 장민석 코치와 함께라는 사실이 실감이 났다.

아직 결승전이 모두 끝나지 않았다.

남은 경기를 위해 다시 우리 모두가 머리를 모아 한 팀이 되어 움직여야 할 시간이었다.

"다들 잘했어. 하지만 방심하기에는 아직 이르다. 모여서 의견을 나눠보자."

"탑 카우스타, 나무요정. ST S가 열어줄까? 아니면 두 개의 밴 카드를 다 쏟아 부을까? 우리 전략은 이것을 예상하는데서부터 시작된다."

팀원들은 장민석 코치와 나의 주도 아래 테이블 앞에 모여 진지하게 피드백을 주고받기 시작했다.

선수들의 태도와 눈빛에서 결승전 무대를 자신의 것으로 만들고야 말겠다는 의지가 느껴졌다.

◆

결승전 양 팀 세트 스코어 2:1로 팀 데몬이 앞서는 상황.

ST S의 입장에서는 뭔가 뾰족한 수를 내지 않으면 멘탈 케어를 위한 항복 선언도 물거품이 되어 버리면서 우승이라는 타이틀과 왕좌를 넘겨줄 수밖에 없었다.

정말로 궁지에 몰리자 임정균 코치는 마음이 급해졌다.

"경기 포기에 관해서는 일단 아무 말도 하지 않을게. 대신 너희가 포기한 이유를 이번 경기에서 확실하게 보여줘야 해. 그거 보여주지 못하면 항복에 대한 책임이 더 커질 거야."

"네, 코치님."

이미 벼랑 끝이라 더 몰아붙였다가는 선수들이 떨어질까 염려되었는지 임정균 코치는 우선 분위기 수습을 먼저 했다.

명료하게 한마디만.

이러쿵저러쿵 선수들에게 잔소리를 더 해봐야 괜스레 마음만 심란해진다는 것을 알기에 재빨리 경기에 대한 이야기로 주제를 넘겼다.

"4세트 반드시 잡아야한다. 어떻게 갈까?"

임정균 코치의 질문에 선수들은 딱히 답변을 내놓지 못했다.

저마다 생각이 아예 없겠느냐만은 처한 상황이 그다지 좋지 않았다.

후픽 순서에 밴 카드 두 개를 탑 라인 챔피언에 사용해버리는 것은 좋지 않은 선택이지만 그렇지 않으면 또 다시 탑 라인 주도권을 내줄 수밖에 없는 상황이기도 했다.

마지막 경기가 될 수도 있는 중요한 상황에 선뜻 내놓을 만큼 좋은 전략이 있었다면 이미 진즉 사용했을 터였다.

모두 우물쭈물하는 사이 시간은 흐르고 분위기가 더 아래로 떨어지기 직전.

가만히 모습을 지켜보던 록시 타이거즈의 장노철 감독이 입을 열었다.

"임 코치님? 제 의견 말씀 드려도 될까요?"

타도 팀 데몬을 외치며 비공식적인 방법으로 여러 도움을 준 장노철 감독의 목소리에 선수들도, 임정균 코치도 귀를 기울였다.

◆

팬들은 비장한 각오로 부스에 들어서는 ST S 선수들을 보며 아낌없는 성원을 보냈다.

양 팀의 진영에 상관없는 일방적인 응원의 목소리였다.

ST S 팬들은 이대로 자신이 응원하는 팀이 무너지지 않기를 바랐고, 팀 데몬의 팬들은 이 영광스러운 순간을 한 경기라도 더 보고 싶은 마음이었다.

수준 높은 두 팀의 수준 높은 경기는 응원하는 마음과 별개로 로크 리그 팬들의 눈을 즐겁게 해주었다.

무엇보다 밴픽 전략이라는 일반인은 다소 이해하기 쉽지

않은 분야를 너무나도 맛깔스럽게 보여주는 두 팀의 대결은 언제나 흥미진진했다.

그 중에서도 가장 전략적인 색깔이 확실하게 드러나면서 오늘 최악의 궁지에 몰린 ST S가 어떻게 난관을 부수고 나갈 것인지 궁금한 마음이 컸다.

이내 경기가 시작되고 해설진의 목소리가 마이크를 타고 스피커로 울려 퍼졌다.

"밴픽 페이즈부터 엄청나게 치열할 것 같은 대망의 4세트가 시작되었습니다."

"3세트 경기가 끝난 뒤 휴식 시간이 조금 더 길었죠? 그 사이에 커뮤니티 반응을 살펴봤는데 아주 재미있는 표현들이 있더라고요."

"어떤 표현이 그렇게 흥미로우셨나요?"

"1세트에서 카우스타를 탑에 기용하면서 활약을 보여준 팀 데몬은 2세트에서 나무요정을 사용했죠. 각각 소와 나무가 캐리했다고 이를 합쳐 '소나무 메타의 시작이다.' 라고 표현하시더라고요."

"소와 나무요? 크하하하하. 그거 재미있네요. 소나무 메타. 아마 한동안 유행할 것 같죠?"

"특히나 나무요정은 잘 큰 모습으로 캐리하면서 2세트 MVP까지 차지했지 않습니까? 3:1로 싸우면서도 밀리지 않는 모습을 보면서 마치 세계수 같다고 표현하더라고요."

"이번 세트가 그래서 중요하죠. ST S 소나무 메타의 두 챔 피언을 모두 잘라낼까요? 밴 카드 두 장이 걸린 문제입니다. 함께 보시죠."

임팩트가 얼마나 강했던지 벌써 소나무 메타라는 이름이 붙어버린 팀 데몬의 깜짝 카드.

ST S는 결국 견제하는 것을 선택했다.

연이은 두 장의 밴 카드를 모두 소나무 메타의 주인공들 에게 사용한 것이다.

"아아…. 솔직히 이게 그다지 좋은 방법은 아니거든 요?"

"그렇죠. 아직 소나무 메타를 대응할 만 한 챔피언을 찾 아내지 못한 것 같습니다."

"이번 경기를 ST S가 이긴다손 치더라도 다음 세트는 밴 카드가 존재하지 않는 비하인드 픽이에요. 소나무 중 아무 거나 마음에 드는 거 쓸 수 있단 말이죠?"

"네, 그래서 대응할 카드를 빨리 찾았어야 했는데요."

"그래도 이번 세트를 잡고 마지막 세트로 끌고 가는 것 에 의의를 둔다면 나쁘지 않은 선택입니다."

"맞습니다. 마지막 세트로 가는 시간까지 코칭스태프가 최대한 대응 가능한 카드를 찾아내야겠죠?"

"이번 경기 ST S 선수들 어깨에 많은 것이 달려 있습니 다. 부담스럽겠지만 잘 해내야겠죠."

이렇게 된 이상 무조건 이겨야만하는 숙명을 짊어진 ST
S 선수들.

차분한 분위기 가운데 끝난 밴 페이즈를 지나 픽 순서에
다다르자 조금씩 조합의 윤곽이 보이기 시작했다.

션을 먼저 가져가면서 운영과 지원에 힘을 싣고 역시 칠
리언을 픽하며 유틸성을 극대화 시켰다.

루시앙 원딜 수도승 정글까지 가져가면서 변수창출 능력
에 강제 이니시 능력까지 갖춘 ST S.

선픽 주도권을 쥔 팀 데몬의 조합은 이 시기에 완성되었
다.

팀 데몬
탑 – 파이어럼블
정글 – 나탈리
미드 – 카샤딘
원딜 – 케이틀리나
서포터 – 트레쉬

나탈리를 가장 먼저 가져가면서 다시 한 번 포킹 조합을
꺼내드는가 싶더니 강영식 교체 출전과 맞물린 굉장히 공
격적인 조합을 구성했다.

무엇보다 한타에 치중하겠다는 의중이 돋보이는 픽이었다.

그렇게 마지막 턴을 넘겨받은 ST S는 과감한 마지막 픽을 선보였다.

"아아! 칠리언이 서포터로 내려가고 미드라인에서 피이즈가 등장합니다!"

"브레이커 이상현 선수가 드디어 뭔가 보여 주려나요?"

"승부수를 던진 거죠! 잘 크면 그 누구도 막을 수 없는 피이즈를 이상현 선수에게 쥐어준 다음 션, 수도승, 칠리언으로 적극적인 케어를 하겠다는 뜻이에요."

"이렇게 되면 루시앙 픽도 이해가 갑니다. 알아서 살아남으라는 거죠."

모든 것을 걸고 반드시 이상현을 케어하겠다는 의지가 그대로 묻어나는 조합이었다.

피이즈의 암살 능력과 생존, 추격 능력에 더불어 캐리력은 두 말 할 것도 없는 공인된 것이었고 그것이 이상현의 손에서 이루어진다는 점이 매우 흥미로웠다.

더구나 이번만큼은 팀 데몬 입장에서 선픽인 것이 뼈아팠다.

살아남은 미드 라인 챔피언 중 그나마 캐리력이 제일이라고 평가 받는 카샤딘을 가져갔는데 하필 상대가 브레이커 이상현의 피이즈인 것이다.

피이즈의 단점이라면 극악의 라인 클리어와 초반 라인

전의 말도 안 되는 약함이었는데 소위 말해 카샤딘과 비교하면 거기서 거기였다.

서로 라인 클리어가 좋지 않고 초반 라인전이 약하다면 동시에 성장했을 때 더 캐리력 있는 선수가 빛을 보게 된다.

팀원들의 압도적인 지원을 받게 될 브레이커 이상현의 피이즈.

데뷔한 팀을 이끌어 결승무대에서 우승 길목까지 발을 들이민 베놈의 카샤딘.

두 라이벌의 노골적인 캐리력 싸움이 시작되었다.

◆

숨이 막혔다.

아무도 내 몸을 건드리지 않았다.

그저 모니터에 시선을 집중하고 마우스를 쥔 손과 키보드 위에 손가락만 움직일 뿐인데 무언가가 내 목을 조르듯 답답하게 숨통을 조였다.

맵의 어두운 구석에서 언제 파란 괴물이 튀어나올지 모른다는 생각에 포탑 근처에서 한 발자국도 앞으로 나가지 못했다.

하지만 포탑 옆에 붙어 있다고 안전한 것은 아니었다.

션의 궁극기 쉴드를 받은 피이즈라면 포탑 공격 몇 대 정도는 무시하고 유유히 들어와 나를 암살한 다음 비웃으며 사라질 것이 뻔했다.

내 상태 창에 기록된 KDA 수치는 처참했다.

1킬 5데스 1어시스트.

귀신같은 이상현의 피이즈는 마치 수레바퀴의 아귀가 맞물리듯 번갈아 미드라인에 등장하는 팀원들의 비호 아래 무자비한 살육을 펼치고 폭풍처럼 성장했다.

당연히 내가 싼 똥은 극심한 악취를 탑 라인과 바텀 라인까지 뿌려댔다.

"피이즈 탑!"

"아, 이거 죽었어."

"완전히 뒤가 잡혔네."

"미안."

[아군이 당했습니다.]

피이즈의 모습이 보이면 그냥 겸허하게 죽음을 받아들였다.

하필이면 선택한 챔피언들이 캐리력을 담보로 탱킹력을 지불한 녀석들 투성이라 콤보 한 방에 죽어 나가니 시야 장악은 꿈도 못 꿀 일이었다.

시야 장악이 안 되니 어디에서 튀어나올지 모를 피이즈
에게 계속해서 당하는 악순환이 반복되었다.

"뭉칠까요?"

"뭉쳐."

어느 순간부터 나는 죄인인양 오더를 내리지도 못하고
입을 꾹 다문 채였고 팀원들은 그저 기계적으로 움직이며
CS를 수급하다가 이렇게, 또 저렇게 대응만 하고 있었다.

브레이커 이상현이라는 선수 한 명의 거대한 캐리력 앞
에 우리 다섯 명이 만든 한 팀이 완전히 압도된 상황.

직전 경기 ST S가 경기를 포기한 이유를 어렴풋이 알 수
있을 것 같았다.

이 기세에 더 짓눌려 아예 전의를 상실해 버리면 다음 경
기란 명목상으로만 존재할 뿐 붙어볼 가치도 없어지는 것
이다.

내가 조심스럽게 입을 열었다.

"다들 정말 미안해요. 이렇게까지 처참하게 당할 줄은
몰랐어요. 뜬금없는 미드 올 인 전략을 들고 나올 줄도 몰
랐어요. 제 실책입니다."

누가 봐도 내가 저지른 상황이기에 모든 것을 떠안고 진
심어린 사과를 했다.

진심이 전해졌는지 팀원들은 탓도 위로도 하지 않은 채
침묵으로 다음 말문을 열어 주었다.

"아직 한 번의 기회가 남아 있어요. 우리가 준비한 모든 것을 사용할 수 있는 유일한 기회에요. 이번 경기 우리가 더 다치기 전에 흔쾌히 선물로 던져 주고 다음 경기와 함께 우승컵을 잡아보는 게 어떨까요?"

경기를 포기하자는 말을 길게도 돌려서 이야기했다.

선수들은 곰곰이 생각하는 듯 의미없는 챔피언의 움직임만 보여주었다.

그러다 문득.

가장 먼저 입을 연 것은 상규였다.

"찬성. 나 지금 제대로 열 받았거든? 딱 좋아 이 정도가. 여기서 끝내고 이거 그대로 가져다가 다음 게임에서 화풀이 해주겠어."

한 명이 물꼬를 트니 줄줄이 의견이 이어졌다.

다음은 막내 라인의 동반자 서포터 정남규.

"나도 찬성. 비하인드 픽에서 끝장을 내 버리자."

늘 묵묵하게 자신의 할 일은 다 해내는 원딜러 박명건.

"찬성, 믿어줄게. 기운들 차려라. 너희만 제대로 하면 이겨. 알지? 바텀은 아직 한 번도 안 졌으니까."

탑 라인의 든든한 조력자 캐리형 탑솔러 강영식.

"다음 경기 경민 형이 출전하건 제가 출전하건 카우스타, 나무요정은 무조건 살아요. 클라우트는 숨도 못 쉴 겁니다. 찬성이에요."

팀원들의 모든 동의가 구해지고 우리는 미련없이 경기를 포기했다.

일반 경기에서조차 프로라는 이름의 무게로 인해 항복을 선언하는 경우는 거의 없었다.

프로라면 끝까지 최선을 다 해야 한다는 우리나라 특유의 구태의연한 사고방식 때문에 만들어진 일종의 문화였다.

더욱이 결승전 무대라면 우리의 선택에 대한 팬들의 실망감과 반발은 엄청날 것이다.

하지만 전략적으로 반드시 필요한 선택이라면 감수할 수 있었다.

서로 한 번씩 항복을 받아 냈으니 꺼림칙할 것도 없는 상황.

마지막 세트에 우승컵의 향방이 갈릴 것이었다.

이렇게 마지막 세트까지 올 것을 누가 예상이나 했겠는가.

첫 번째 세트 경기에서 압도적인 실력으로 초반 우위를 점한 팀 데몬은 본인들의 실수로 덜미를 잡히며 역전을 당했다.

그러나 두 번째 세트부터는 완전히 실수를 만회했다.

선택의 실수를 패배의 원인이라고 생각한 팀 데몬은 짧은 경기 준비 시간 동안 완전히 해결한 듯한 모습을 보여주더니 전혀 새로운 탑 라인 카드와 극단적 컨셉 조합을 들고 나와 압도하며 2연승을 기록했다.

깊게 생각할 것도 없이 그들이 보여준 것은 대단했다.

세 경기를 치루는 동안 주도권은 몽땅 팀 데몬의 것이었다.

이런 상황에도 불구하고 ST S의 팬들은 마지막 세트를 바랐을 터다. 한 경기라도 내 주면 그대로 우승은 물거품이 되는 것 아니겠나.

그러나 그 누가 앞의 세 경기를 보고서도 마지막 세트에 갈 거라고 자신 있게 말할 수 있었겠는가 말이다.

계속해서 휘둘리며 자신의 강점을 드러내지 못하는 탑 라이너, 집중 견제를 미드 라인으로 고정시킬 경우 돌아오는 막대한 이득.

공교롭게 흘러가는 밴픽의 선픽 주도권과 좋지 않은 분위기 안에서 언제 폭발할지 모르는 시한폭탄 원딜러까지.

이 모든 상황을 고려하더라도 팀 데몬이 실수한 첫 번째 세트 경기 때문에 2:2 동률이 되어 마지막 세트로 갈 거라 예상한 사람이 딱 한 명 있었다.

'ST S의 최대 강점은 두말 할 것도 없이 미드라이너 이상현 선수입니다. 그 캐리력을 꽃 피우게 할 수 있는가가 매 경기 가장 중요한 문제죠. 그걸 알기에 팀 데몬이 미드

라인을 집요하게 물고 늘어지는 것이고요.'

정확하게 문제점을 진단해서 제시하는 이.

바로 며칠 전까지 이 결승 무대를 두고 치열하게 경쟁하던 록시 타이거즈의 감독 장노철이었다.

'어차피 지금 이 짧은 시간 동안 소나무라고 명명된 탑 챔피언을 상대할 카드를 찾는 건 힘듭니다. 연습이 안 된 상태에서 클라우트 선수에게 나눠 가져가라하는 것도 어불성설이죠. 그럼 남은 방법은 하나뿐입니다.'

장노철 감독은 마치 자신의 팀을 지휘하듯 냉철하고 정확한 판단을 가감 없이 전달하면서 해결책까지 제시했다.

'오히려 탑에 밴 카드 두 장을 사용하면 미드라인 챔피언들이 많이 열리게 될 테고 팀 데몬에서 그 중 하나를 가져갈 겁니다. 가장 확률이 높은 환술사나 카샤딘이 나오겠죠. 맞상대 가능한 캐리형 챔피언을 미드에 쥐어 주고 전적으로 나머지 라인을 지원형으로 만들어주면 방법이 보일 겁니다.'

다른 라인에 영향력을 끼쳐서 미드라인을 수월하게 풀어주는 성동격서 스타일의 운영이 아닌, 오로지 미드라인만을 위한 컨셉 조합으로 상대를 파하자고 제의하는 장노철 감독.

'한 세트만 내주면 준우승이지만 한 세트만 잡으면 여전히 동등한 입장이 됩니다. 여러분은 아직 우승 경쟁 중입니다. 가장 잘 하는 걸 하세요. 4세트는 그거면 이길 수 있습니다.'

멘탈이 온전치 못한 ST S가 4세트에 달라진 모습으로 돌아와 팀 데몬을 압도하며 이길 수 있었던 원동력이 바로 여기에 있었다.

1, 2, 3세트 경기를 모두 보고 나서도 가장 잘 하는 걸 하면 이길 수 있다고 믿었던 장노철이 있었다.

정작 팀을 계속해서 이끌어온 임정균 코치보다도 더 냉철하고 정확할 수 있었던 것은 제 3자의 입장에서 만인의 라이벌 ST S를 수도 없이 반복해서 분석하고 준비하던 과정의 산물이 아니었겠나 싶었다.

임정균 코치가 넌지시 물었다.

'애초에 약속은 차치하고 그렇게까지 갑작스레 우리 팀을 도와주는 이유가 뭐야?'

애초에 약속이라 함은 사소한 몇 가지 정보쯤을 말하는 것일 테고 갑작스럽다고 느낄 만큼 전면으로 나서 돕는 장노철 감독의 심정변화에 관한 질문이었다.

장노철 감독이 씩 웃으며 말했다.

'왕좌에서 왕조를 끌어내리는 건 제가 하고 싶었거든요.'

긴 설명이 필요 없는 말이었다.

시즌 중반 10패의 성적을 떠안고 등장했지만 플레이오프에

기적적으로 진출해 결승을 꿈꾸게 만들었던 압도적인 성적의
루키는 팀 데몬 뿐만이 아니었다.

팀 데몬이라는 거대한 루키의 그늘에 가려진 록시 타이
거즈의 설움은 생각보다 더 컸다.

시즌 마지막 팀 데몬의 성적에 아무런 영향을 주지 않
는 경기에서의 승리 따위로 위로가 될 정도의 것이 아니
었다.

이번 시즌 우승을 저지해 제대로 고춧가루를 뿌려둔 다
음 다가올 섬머 시즌에서 나머지 양념까지 곁들여 요리할
생각인 것이다.

어쨌거나 4세트 마무리 이후 우승을 꿈꿨던 팀 데몬은
장노철 감독의 고춧가루에 직격탄을 맞았고 역시 ST S도
마지막 비하인드 픽 세트에서의 총력전을 준비했다.

◆

온라인 커뮤니티의 반응은 정확하게 양분되었다.

비하인드 픽의 특성 상 소나무를 마음껏 사용할 수 있는
팀 데몬의 승리를 예상하는 이들.

비하인드 픽이기 때문에 브레이커 이상현의 캐리력을 더
욱 폭발시킬 수 있다는 이유로 ST S의 승리를 예상하는 이
들.

마치 시즌 초 팀 데몬과 ST S가 한 번도 맞붙지 않은 상태에서 압도적인 경기력을 보여주던 팀 데몬의 독주가 있을 때 두 팀이 만나면 어떻게 될지 예상하던 팬들의 반응과 흡사한 구도로 흘러갔다.

사실 양 팀의 2연전을 모두 팀 데몬이 가져가면서 ST S의 연패의 늪까지 겹쳐 무조건적인 팀 데몬의 우세를 말하던 최근까지의 커뮤니티 분위기를 놓고 볼 때 순식간에 벌어진 기적 같은 양분현상이었다.

비하인드 픽으로 진행되는 마지막 세트에서 사용될 양 팀의 조합을 예측한다거나 경기 결과를 예측하는 글들이 올라오면 여지없이 반대 의견을 지닌 팬들의 댓글 테러로 왁자지껄해졌다.

이런 커뮤니티의 반응을 면민하게 살피는 이가 있었으니.

"아빠, 이것 좀 봐. 팀 데몬에서 형이 출전하면 이길 것 같다는 내용이야. 우리 형이 언제 이렇게 이름이 많이 오르내린 적이 있었나?"

"아까 그 거무튀튀한 걸어 다니는 소를 다시 해야 한다는 거지?"

팀 데몬의 탑 라이너 도경민의 아버지와 남동생의 대화.

선수 가족석에 나란히 앉아 듣던 정글러 안상규의 아버

지가 허허 웃으며 말했다.

"카우스타라고 하는 캐릭터입니다. 아드님이 아주 재미난 카드로 좋은 모습을 보여준 거예요."

가만히 듣고만 있던 도경민의 어머니가 아들 칭찬에 반색하며 물었다.

"저희 아들이 잘 했나요? 이이나 저나 게임에는 영 까막눈이라 잘 모르는데…."

"예, 아주 잘 해줬어요 1세트는 아드님 덕분에 거의 다 이긴 게임인데 아쉽게 되었지만 3세트에서 다시 좋은 모습 보여주면서 승리도 챙겼죠."

"어머, 상규 선수 아버님은 게임도 참 잘 아시는가보다."

"아들이 선수로 활동하는 게임이니 말이라도 통해보려고 틈틈이 연습했죠."

안상규의 아버지가 어깨를 으쓱이니 옆에 앉아 있던 안상규의 어머니가 못마땅하다는 듯 옆구리를 툭 찌른다.

"으이구, 그 나이 먹고 게임하는 게 뭐 자랑이라고."

"호호호, 상규 어머니 왜요? 보기 좋은데요. 덕분에 여기 계신 분들 설명도 듣고 그러네요."

분위기를 다시 살려 말한 쪽은 원딜러 박명건의 어머니였다.

가족들이 지켜보는 가운데 마지막 5세트 경기가 시작되었다.

"아빠, 시작했어! 우리 형 나온다 저기!"

선수 가족석에서 게임을 제대로 이해하는 사람은 도경민의 남동생과 안상규의 아버지 뿐.

두 사람이 나머지 선수 부모들에게 설명하면서 함께 우승을 기원했고 응원했으며 관람했다.

"이번 세트는 마지막 승부라 아까 설명했던 금지 카드가 없어요. 상대방이 어떤 캐릭터를 고르는지도 알 수 없고 전략적으로 자신의 캐릭터를 선택해야하는 세트에요."

"우리 아이들 잘 선택하고 있나요?"

"아직은 제대로 알 수 없어요. 마지막의 마지막까지 다들 의견을 나누는 것 같아요."

부모들은 마치 선수들을 전장에 보내 놓은 것 마냥 가슴 조리며 제대로 이해도 못하는 전광판의 화면을 주시했다.

도경민의 남동생이 입을 열었다.

"저희 형이 나무요정을 선택했어요! 저거는 확정이라 이제 바뀌지 않아요. 아까 2세트 경기 이길 때 괴물처럼 셌던 캐릭터가 저거에요. 영식이 형이 출전해서 보여줬던 그거에요."

그의 말에 강영식의 부모가 싱긋 미소를 머금었다.

점차 선수들이 마지막 우승을 두고 겨룰 승패의 카드들이 드러났다.

ST S의 클라우트 장원영이 소나무를 상대로 다시 한 번 션 카드를 꺼내 수비적인 모습을 보여주었고 정글러 장병 기 배선웅의 거미여왕이 등장했다.

"이야아, 명건 선수 어머님, 아버님 이번 경기도 이즈네요. 아까 압도적으로 이겼던 게임에서 명건 선수가 사용했던 캐릭터였어요. 가장 잘 다루는 녀석입니다."

"남규 형도 역시 브라운을 골랐네요. 오늘 계속 밴 되면서 못 잡아본 챔피언인데 잘 할 거예요."

바텀 듀오 박명건과 정남규의 챔피언 픽이 완료되면서 픽 페이즈도 막바지.

ST S의 바텀 듀오는 루시앙, 브라운으로 엄청난 시너지를 보이는 조합이었으며 자연스럽게 브라운 미러전이 성사되었다.

그 때, 팀 데몬 정글러 안상규의 픽이 결정되었다.

"와아! 아저씨! 상규 형이 승부수를 던지는 것 같은데요! 게일이에요!"

"이런…. 이 중요한 순간에 랜턴 정글러를?"

이제 양 팀에 미드라인 챔피언 결정만 남은 상황.

어찌나 고심에 고심을 거듭하는 건지 제한 시간이 거의 다 끝나갈 때까지 권진욱과 이상현은 챔피언을 신중하게 골랐다.

[대망의 마지막 세트! 미드라인은 어떤 챔피언들로 승부가 갈릴까요?]

[양 선수 신중하게 고민하죠…. 아무래도 화끈한 화력전을 펼칠 것 같은 예감이 들거든요?]

[캐리력 대결로 이끌고 가면 솔직하게 얘기해서 아직은 브레이커 이상현 선수가 한 수 위 아닙니까? 물론, 권진욱 선수가 로밍형 챔피언을 선택한다면 이야기가 조금 달라질 테지만 말이죠.]

[마냥 그렇게만 볼 수도 없는 것이 암살자 챔피언을 선택해서 로밍을 다니는 것이 권진욱 선수의 특징이다 보니까 굳이 기동성 위주의 로밍형 챔피언이 아니라고 하더라도 승부사 될 것 같습니다. 기본적으로 라인전에서 무너지면 안 된다는 사실을 직전 경기에서 깨닫지 않았습니까?]

해설진의 감초 같은 해설까지 곁들여져 또 다시 자연스럽게 주목받게 된 권진욱을 바라보는 부모의 심정은 그야말로 조마조마했다.

그런 긴장감 넘치는 상황에 결국 제한 시간이 끝나기 직전 두 선수가 직접 플레이할 챔피언을 선택했다.

그리고.

경기장 전체를 뒤흔드는 함성이 또 다시 터져 나왔다.

우와아아아아아아아아아아아아아아아!

지진이라도 난 듯 울렁이는 경기장에 앉아 어떻게 된 영문인지 확인하려고 주위를 두리번거리는 권진욱의 어머니.

재빠르게 설명을 잇던 안상규의 아버지와 도경민의 남동생도 말문이 막힌 듯 어안이 벙벙한 상태로 전광판에 시선을 고정한 채였다.

그저 간절히 승리만을 바라는 권진욱의 부모의 귓가에는 해설진의 열정적인 목소리가 들렸다.

[미러전! 미러전이 성사됩니다!]

[네, 희대의 라이벌로 평가 받는 베놈과 브레이커의 정면 승부네요!]

[야소 대 야소! 그 누구도 물러설 수 없는 진검승부입니다!]

똑같은 챔피언으로 싸우게 되는 미러전.

이 중요한 무대에서 진정한 승자를 가려내기 아주 좋은 방법이었다.

◆

정말 면밀하게 고심하고 계산해서 산고에 버금가는 내적 갈등을 겪은 뒤 도출한 결론이 야소였다.

기동성과 캐리력을 보충할 수 있고 스플릿 플레이도 가능한데다가 물리 대미지를 보완하는 좋은 선택이었다.

그런데 야소 미러전일 줄이야.

그나마 다행인 점은 우리의 조합은 아주 밸런스가 훌륭했다는 것이다.

나무요정, 게일, 야소, 이즈, 브라운.

나무요정과 브라운은 탱킹과 CC기를 담당할 테고 야소의 궁극기를 지원할 에어본 기술도 가지고 있었다.

상황에 따라 받아 치거나 이니시도 가능한 훌륭한 조합.

게일의 기용으로 마법 대미지 부분을 보완했고 이즈는 언제나 믿고 쓸 수 있는 만능형 원딜이었다.

반대로 게임이 시작되어 로딩 화면이 되어서야 확인할 수 있었던 ST S의 조합은 야소를 사용하기에 썩 이상적인 조합은 아니었다.

션, 거미여왕, 야소, 루시앙, 브라운.

비슷한 컨셉과 밸런스는 맞지만 루시앙, 브라운 조합의 바텀 라인에 조금 더 힘이 실리는 느낌인데다가 야소 활약의 핵심인 에어본 CC 보조도 부족했다.

결정적으로 거미여왕을 플레이하며 탱키한 아이템을 갖추는 장병기의 특성에 따르면 나무요정은 딱히 신발 외에 마법 방어력을 고려하지 않고 체력과 방어력 아이템만

갖춰도 되는 좋은 상황이었다.

"조합은 우리가 훨씬 좋아 보여요."

"초중반 주도권도 어차피 탑에 있을 거고 후반 갈수록 게임은 살아날 테니까 무리하지 않는 선에서 지금까지 해 온 것처럼 하자 다들!"

"하던 대로 합시다!"

"마지막 경기야! 후회하지 않게 잘 하자고요."

선수들은 조합을 보고 마음이 놓인 듯 저마다 사기를 올리는 말들을 뱉었다.

나는 유독 어깨를 짓누르는 부담감을 느낄 수 있었다.

그들의 말처럼 우리 조합이 초반, 중반, 후반을 통틀어 훨씬 안정적이고 좋아 보이는 것은 사실이었다.

그러나 무난한 게임의 상황일 때 통용되는 말이었다.

내가 만약 브레이커 이상현에게 참혹하게 무너진다면?

킬 포인트를 먹고 성장한 브레이커 이상현의 야소가 뿜어낼 폭발적인 캐리력은 상상조차 되지 않았다.

야소를 보조할 챔피언이 부족한 것은 이미 그 야소를 다루는 인간이 이상현이라는 점을 고려했을 때 딱히 약점이 아니었다.

그는 혼자 모든 걸 만들어서 해낼 수 있는 능력을 지닌 플레이어였으니까.

내가 과연 이상현을 상대로 미러전을 펼쳐 버텨낼 수

있을까?

지금까지 이상현을 몇 번이나 상대해봤지만 미러전은 처음이었다. 그것도 캐리력을 제대로 폭발시켜야만 하는 야소를 가지고 말이다.

여태 이상현을 상대로 라인전을 버틸 수 있었던 것은 그나마 카운터 픽을 잡거나 이상현의 캐리력을 많이 감소시킬 수 있는 칠리언, 룰루랄라 등 보조형 챔피언을 유도한 덕분에 가능한 일이었다.

긴장감에 손에 식은땀이 고였다.

나의 긴장한 기색이 느껴진 탓일까?

언제나 팀의 분위기를 담당하는 상규가 장난스러운 목소리로 입을 열었다.

"우리 열차의 종착역은 우승, 우승 역입니다. 안정적인 선택과 적극적인 협조로 편안한 여행되시길 바라며 종착역 사이, 사이에 준비된 맛집은 미드라인이오니 여행 중 시장하시거나 무료하신 승객 여러분께서는 미드라인 맛집 탐방에 합류해주시길 바랍니다. 열차 출발합니다."

"풉……!"

팀원들이 피식 웃음을 터뜨렸다.

자신감이 충만한 상태로 활기를 넣어주는 상규.

그 덕분에 나의 긴장감도 다소 날려 버릴 수 있었다.

노골적으로 미드라인을 후벼 파겠다고 선언한 것과 마찬

가지다.

그래, 굳이 5:5로 정해진 팀 게임에서 혼자 이상현을 상대해 찍어 누를 필요야 있겠나.

무리하지 않고 팀원들의 지원을 기다리며 팀워크로 부수면 그만이다.

지금까지 우리가 해오던 방식이 바로 그것이었다.

서로 긴밀하게 콜을 주고받으며 빠른 합류와 지원으로 이득을 챙기는 우리의 게임.

팀원들은 상규의 흥에 맞추어 그 어느 때보다 결연한 의지를 다져 끈끈하게 뭉친 상태로 게임에 돌입했다.

◆

미드라인에서 혈전이 벌어졌다.

총 여섯 마리의 전투병으로 구성된 웨이브가 도착할 때마다 베놈 권진욱과 브레이커 이상현의 야소는 이리저리 위치를 바꿔가면서 검을 찌르고 베었다.

"현란합니다! 원래 현란한 챔피언이라는 사실은 알고 있었지만 두 선수의 라인전은 잠시도 눈을 뗄 수가 없습니다!"

"서로 체력이 닳는 것은 보이는데 언제 공격하고 찔렀는지 눈에 보이지를 않습니다. 그저 전투병을 이용해 여기저기

왔다갔다 하는 건 알겠는데 그 사이, 사이에 체력이 닳고 있어요! 말 그대로 현란합니다!"

"일단 초반 딜 교환은 양 선수 호각입니다! 권진욱 선수 조금도 밀리지 않습니다!"

"그래도 조심해야죠? 극 초반 갱킹력은 거미여왕이 게일보다 몇 수는 위에 있습니다."

얼마나 숨 막히는 접전이 펼쳐지는지 중계 옵저버 화면이 미드라인을 벗어날 생각을 못 하고 있었다.

거의 호각지세의 미드라인 상황을 보면서 근처에서는 커다란 거미 한 마리와 날개 달린 천사가 배회하는 중이었다.

양 팀의 정글러 역시 격전지가 미드라인이 될 것을 예상하고 있는 것이다.

지속적인 딜 교환이 벌어지며 양 선수의 야소가 모두 위태로운 체력 상황이 되었을 때 비로소 양 팀 선수들이 움직였다.

"팀 데몬의 서포터 정남규 선수의 브라운이 먼저 미드라인 방향으로 움직입니다! 이즈는 홀로 라인에 남아도 전투병을 받아먹기 수월한 챔피언이거든요?"

"좋은 선택입니다. 임정현 선수의 브라운도 한 박자 늦게 올라가는 모습이죠?"

"양 팀 정글러의 갱킹력 차이는 합류 속도로 메꾸려는

팀 데몬! 그것을 용납하지 않으려는 ST S!"

적의 브라운이 움직이자 다시 한 번 탑 라인 주도권을 쥐고 흔들던 도경민의 나무요정이 움직였다.

어떻게든 빠른 합류로 숫자에서 우위를 쥔 채 부족한 갱킹력을 메우려는 움직임이었다.

하필 빅 웨이브를 받아먹어야 하는 장원영의 션은 전투병을 버리지 못했다.

"아, 탑 라인의 주도권이 이렇게 결정적인 순간에 빛을 발하나요! 이대로 싸우면 4:3 싸움이 벌어집니다!"

"미드라인으로 모이는 양 팀 선수들! 일단 어느 쪽이든 야소 체력 상황은 매우 좋지 않습니다!"

"어떻게 되나요!"

권진욱과 이상현의 접전이 벌어지는 사이 어느덧 위, 아래로 나뉘어 합류 준비를 마친 선수들 사이에 핑이 격렬하게 오갔다.

서로 합류하고 있다는 사실을 알면서도 권진욱과 이상현은 물러서지 않고 싸웠다.

어느 한 쪽이든 승부의 추가 기울어지는 순간 먹이를 노리는 맹수처럼 몸을 잔뜩 움츠리고 기회를 엿보는 다른 라인 선수들이 달려들 것이었다.

그 순간.

"아앗! 이번 교환에서 이상현 선수가 권진욱 선수의

공격을 피하고 자신의 공격은 적중시킵니다!"

"오히려 ST S 선수들이 먼저 움직이네요! 달려들죠! 맞붙습니다!"

"이상현 선수! 앞 점멸 이후 점화까지!"

"권진욱 선수 위험해 보이는데요! 일단 반격을 가하면서 점화를 걸고 점멸로는 뒤로 빠집니다!"

"아슬아슬한 체력 상황!"

점화의 지속 대미지 한 틱이 더 들어가면 선취점을 이상현이 가져갈 상황.

그 절체절명의 순간 미스터 큐 안상규의 게일이 점멸까지 사용해 진입했다.

팟!

아슬아슬하게 사거리 안으로 들어온 권진욱의 야소를 향해 힐 스킬을 사용한 안상규의 게일이 슈퍼 세이브를 보여주었다.

와아아아아아아아아!

이 장면을 목격한 팬들의 함성이 쏟아지기 무섭게 양옆에서 짓쳐들어온 나무요정과 브라운이 이상현의 야소에게 달려들었다.

"나무요정의 뒤틀린 전진에 이은 비전강타! 브라운의 뇌진탕 펀치까지! 그대로 꽂힙니다!"

"아아 이상현 선수 킬 각을 제대로 봤는데 역습에 당할 것 같습니다!"

"한 박자 늦은 임정현 선수의 브라운이 합류하고 거미여
왕의 딜이 더해집니다!"

극에 달한 선수들의 피지컬이 화려하게 선을 보이는 순
간!

[선취점!]

포커싱 당한 브레이커 이상현의 야소가 먼저 터져 버렸
다.

하지만 상황이 끝난 것은 아니었다.

오로지 이상현만 보면서 스킬을 쏟아 부은 상태라 거미
여왕과 브라운의 포커싱을 그대로 얻어맞은 정남규의 브라
운이 빈사상태가 되었다.

화들짝 놀라며 뒤로 점멸을 타보지만 ST S 선수들에게
도 스펠이 전부 남아 있는 상황.

보조자의 역할로 늘 든든한 인상을 보여주던 장병기 배
선웅의 거미여왕이 앞 점멸을 사용했다.

팟!

[레드 팀 더블 킬!]

와아아아아아아!

순식간에 벌어진 상황과 동시에 터져 나오는 팬들의 함성.

이미 빈사 상태로 후방에 있던 베놈 권진욱의 야소와 포커싱 당해 체력이 바닥에 있던 도주 중인 브라운을 차례대로 공격해 두 개의 킬을 올린 배선웅의 거미여왕.

두 개의 폼을 지니고 여섯 개의 스킬을 가진 6레벨 이전 최강의 챔피언 칭호를 보여주듯 인간 폼과 거미 폼을 오가며 최고의 플레이를 펼쳤다.

그리고.

"아아! 거미 폼으로 변신해 줄 타기 스킬로 아슬아슬하게 빠져나가는데 성공합니다! 임정현 선수의 브라운이 든든하게 보조합니다!"

"브레이커 이상현을 먼저 잡아낸 팀 데몬이 배선웅 선수에게 불의의 일격을 당해 두 개의 킬 포인트를 내주고 말았습니다! 선취점을 가져갔지만 손해를 봅니다!"

"이런 슈퍼 플레이가 나오나요!"

만회하기 위한 나무요정과 게일의 추격이 시작되었지만 거리가 짧은 미드라인 특성상 금세 포탑 후방으로 도망치는 ST S의 선수들.

양 팀의 첫 번째 교전은 그렇게 치열한 공방을 주고받으며 끝났다.

"정리하자면 얼마나 벌어졌을까요?"

"선취점이 팀 데몬에서 나왔고 모든 선수에게 어시스트가 들어가기는 했지만 다소 손해를 봤다고 할 수 있습니다."

"어째서죠?"

"일단 킬 포인트 두 개가 ST S에게 들어갔고요. 슈퍼 플레이를 보여준 배선웅 선수의 거미여왕은 살아서 돌아갔죠. 그 와중에 탑 라인에서 클라우트 장원영 선수의 션이 전투병을 다 받아 먹고 한 라인을 더 밀기까지 했습니다."

"라인 손해가 나무요정에게 겹쳤군요."

"예, 아마도 이대로 끝났으니 ST S 선수들이 조금 우위에…."

해설진이 그렇게 열띤 목소리로 상황을 정리하고 있는데 화면에 잡히지 않은 곳에서 벌어진 상황으로 인해 게임 안내 메시지가 화면에 떠올랐다.

[블루 팀 이즈가 레드 팀 루시앙을 처치했습니다!]

어어어어어어엇!

당황스러운 팬들의 경악의 목소리와 함께 순식간에 돌아가는 옵저버 화면.

그곳에 박명건의 이즈가 아슬아슬한 체력 상태로 쓰러진 최강진의 루시앙을 지나쳐 라인을 정리하고 있었다.

"솔로 킬! 박명건 선수! 근접 전투에서 엄청난 화력을 보이는 루시앙을 무슨 수로 잡아 낸 걸까요!"

"이렇게 되면 또 이야기가 달라집니다! 어느 한 팀이 딱히 손해를 봤다고 할 수가 없어졌죠! 박빙입니다. 양 팀!"

해설진의 설명이 끝남과 동시에 전광판으로 나오는 리플레이 화면.

최강진의 루시앙이 본인의 피지컬을 믿고 앞으로 대쉬하는 장면이 보였다.

박명건은 당황하지 않고 차분하게 뒤쪽으로 비전이동을 사용하며 전투를 회피했는데 하필 체력 상황이 좋지 않아 아슬아슬하게 킬 각이 보였다.

"설마 여기에서 무리한 건가요!"

"아아, 최강진 선수 앞 점멸을 사용해 들어갔네요."

"콤보를 넣고 킬을 기록한 다음 회복과 다시 돌아오는 대쉬 스킬로 빠져나갈 생각이었나본데요."

"박명건 선수 아주 침착하게 루시앙의 스킬을 피했습니다."

"심지어 포탑에 한 대 맞기까지 했네요."

불과 1분도 지나지 않은 배선웅의 슈퍼 플레이가 팬들을

열광하게 했다면 지금 보여준 최강진의 쓰로잉은 얻은 이
득을 내다 던진 꼴이었다.

　다시 팽팽한 균형이 맞춰졌고 미드라인에 부활해서 복귀
한 권진욱과 이상현의 2차전이 벌어졌다.

프로게이머
PROGAMER

프로게이머
PROGAMER

22장. 우승으로

총 세 번의 격전이 있었다.

게일의 성장을 방해하려고 아군 정글로 들어온 게일을 포착한 우리가 포위 작전을 펼쳤고 ST S 선수들이 거미여왕을 구출하기 위해 따라 붙으며 또 다시 싸움이 벌어졌다.

2:2 교환으로 득실을 따지기 힘든 결과로 끝이 났다.

이후 대형 오브젝트 중 하나인 드래곤 둥지 앞에서 다시 한 번 2:2교환과 3:3교환으로 두 번의 격전을 치렀다.

도저히 일반적인 방법으로는 압도할 수 없을 만큼 ST S 선수들의 컨디션은 좋은 편이었다.

"조합의 강점을 살려야 해. 우리가 자꾸 동수 교환을 해주는 건 좋지 않아."

"보기보다 에어본 지원이 없어도 이상현이 너무 딜을 잘 넣는다. 어쩌면 좋지?"

"일단 게일 성장 거의 끝났으니까 조금만 더 시간 끌어 보자. 우리 스코어 나쁘지 않아."

"승객 여러분 우리 열차 종착역에 거의 도착한 시점입니다. 안전벨트를 풀어 던지거나 기사를 폭행하지 말아주시고 루난 아이템이 완성될 때까지 지시에 잘 따라주시기 바랍니다."

"얍!"

다행히 우리 팀원들의 사기도 훌륭했고 컨디션도 좋았으며 커뮤니케이션에 문제도 없었다.

게임이 어느 한 쪽으로 기울지 않고 팽팽하게 유지되는 것도 거의 처음 있는 일인 것 같았다.

그 덕에 모든 선택에 있어 더욱 신중해야 했다.

"다시 용 싸움 벌일 거니까 시야 체크 하세요."

내 오더에 따라 팀원들이 움직였다.

이번에는 우리 나무요정에게만 순간이동 스펠이 돌아오는 타이밍이었다.

어차피 적 탑 라이너 션에게 순간이동이 없어도 궁극기 합류가 가능하겠지만 계속해서 소모시켜야 운영 주도권을 건네주지 않을 수 있었다.

그렇게 우리가 먼저 시야를 잡기 위해 움직였다고 생각

했는데 우리 생각을 읽은 건지 아니면 같은 생각을 한 건지 드래곤을 차지하기 위한 경쟁은 세 번째 같은 상황을 빚어냈다.

"거미여왕, 브라운 있다!"

"물어? 물까?"

"물어요! 거미여왕 먼저 끊으면 바로 용 먹을 수 있으니까! 포커싱은 거미여왕한테 고정하고 움직여요!"

시야 장악 중 마주친 아군과 적 챔피언들을 추격하기 시작했다.

마침 브라운의 스킬이 적중한 상태라 금세 따라잡을 수 있을 것 같았다.

지근거리에서 추격하는 우리 뒤로 따라 붙으며 원딜러 박명건이 맵을 브리핑해주었다.

"야소 내려간다. 루시앙도 합류 하려는 것 같아."

"우리가 더 빠르죠?"

"물어도 돼. 합류 타이밍 맞으니까 주변에 와드 설치 잘하고. 물어!"

본격적으로 전투가 벌어졌다.

거미여왕에게 묻은 뇌진탕 스텍을 터뜨리며 포커싱을 시작하니 적의 션이 궁극기를 사용했고 우리 나무요정도 근처의 와드에 순간이동 스펠을 사용했다.

몇 번의 격전이 있었는데 모두 동수 교환으로 끝났다.

하지만 한 번도 5:5 상황의 정식 한타가 제대로 벌어진 적은 없었다.

순간이동 타이밍이 엇갈린다거나 5:5 합류 이전에 상황이 종료되기 일쑤였다.

시작부터 지금까지 줄곧 박빙이었던 이번 게임의 첫 번째 5:5 정식 한타!

"거미여왕 먼저 커트하고 뭉쳐야 해!"

"나무요정 고립되지 않게 붙어줘!"

"게일 궁극기 타이밍 잘 보고 후방 포지셔닝 가능하게 브라운이 커버 해!"

"야소 조심해! 이상현 회오리만 피하면 이번에는 무조건 이겨!"

"루시앙 궁극기! 브라운 방벽!"

"거미여왕 노플이야! 붙어!"

정신없는 교전 상황.

거미여왕을 끊으려는 우리와 거미여왕을 지키려는 ST S가 제대로 맞붙었다.

5:5 교전으로 서로 한 덩어리로 뭉친 상황에 평소 언성을 잘 높이지 않는 도경민이 외쳤다.

"들어간다! 게일 궁극기 지원 해줘!"

"료카이!"

무엇을 할 것인지 궁극기로 세이브하는 것이 더 좋은 건 아닌지 묻지도 않고 따지지도 않는다.

무적이라는 궁극기의 혜택을 받을 수 있는 팀원들도 그저 하겠다는 것을 지켜본다.

그 믿음의 결과는 대단했다.

나무요정이 앞 점멸로 들어가 적 덩어리의 한 가운데로 파고 들더니 궁극기를 활성화 시키면서 비전강타로 다섯 명의 적을 전부 적중시켰다.

아주 찰나의 순간이지만 비전강타 스킬에 적중된 적들은 공중에 떠올랐다.

소리에겟 돈!

공중에 떠오른 대상을 향해 뛰어올라 공중에서 여러 번의 베기 공격을 퍼붓는 최후의 숨결.

야소의 궁극기!

다섯 명의 적을 동시에 타격하는 기가 막힌 장면이 연출되었다.

♦

우와아아아아아아아아아아!

팬들은 너, 나 할 것 없이 함성을 지를 수밖에 없었다.

입로크에서만 보여질 것 같았던 야소의 5인 궁극기 장면이 이 중요한 무대 결승전의 승부를 가름 짓는 최종전에서 나온 것이니 말이다.

"야소 궁극기 초대박! 초대박입니다!"

"거미여왕 바로 죽었죠! ST S 빠져야 합니다. 나머지 선수들이라도 살아야 합니다!"

"아아 진돗개 운영은 이미 발동되어 있었던 걸까요? 물고 놓지 않습니다! 우직하게 계속 밀고 들어가는 나무요정!"

"탱킹력, 유지력이 어마어마하네요. 계속 들어갑니다!"

"루시앙 다운! 브라운 다운!"

이번 경기 처음으로 양 팀의 전투에서 격차가 벌어졌다.

동수 교환으로 일관하던 이전 전투와 다르게 ST S는 단한 개의 킬 포인트도 얻지 못하고 패퇴하는 모습이었다.

그런데.

"어어! 잠시만요!"

김동진 해설의 목소리가 뭔가를 감지한 것처럼 다급하게 울렸고 대형 전광판에 믿을 수 없는 장면이 연출되었다.

팀 데몬이 맹렬한 추격전을 펼치며 ST S의 미드라인 2차 포탑 어귀로 들어서는 순간 좁은 입구를 등지고 브레이커 이상현의 야소가 강철 폭풍을 발사한 것이다.

막아줄 수 있는 정남규의 브라운이 방벽 스킬을 이미 소모한 상태!

정글 길목 특성상 좁은 지역에 다닥다닥 붙어 이동해야 했던 팀 데몬 선수들은 꼼짝없이 이상현의 야소가 발사한 폭풍에 휩쓸려 공중으로 떠올랐다.

소리에겟 돈!

역으로 터진 환상적인 5인 궁극기!

누군가의 지원이나 도움 없이 스스로 만들어낸 초대박 궁극기였다.

곧바로 이어서 살아남은 클라우트 장원영의 션이 한 줄기 그림자가 되었다.

"도발! 야소의 궁극기에 얻어맞고 있는 적들을 한 줄로 그어 내리는 클라우트!"

"5인 도발입니다! 이 무슨 기적같은 일인가요!"

"야소의 검이 멈추지 않습니다!"

해설진들은 정말 다시는 목소리를 내지 않을 것처럼 미친 듯이 소리쳤다.

그만큼 엄청난 장면이었다.

[레드 팀! 더블 킬!]

[레드 팀! 트리플 킬!]

션의 도발과 이어지는 무차별 폭격에 추격전을 펼치며 체력을 제법 소진했던 나무요정, 게일, 브라운이 킬 포인트를 내줄 수밖에 없었다.

남은 것은 권진욱의 야소와 박명건의 이즈 뿐.

야소, 이즈 VS 야소, 션이라면 아무래도 탱킹 가능한 션이 버텨줄 수 있는 쪽이 유리해보였으나 서로 궁극기와 스펠, 체력 체크도 제대로 되지 않은 상태라 끝장 승부를 펼치기 보다는 일단 정비를 선택했다.

"이런 소름 돋는 경기력이 말이나 되는 겁니까?"

"분명, ST S가 완패 하고 패퇴하는 모습이었는데 엄청난 플레이로 다시 한 번 3:3 동수 교환을 이끌어 냅니다!"

"거의 벼랑 아래로 떨어지는 팀원들의 목덜미를 잡아 끌어올린 수준이죠. 이상현 선수?"

"로크 역사에 길이 남을 명장면 아니겠습니까?"

"심지어 야소의 5인 궁극기가 연속으로 터져 나온 짜릿한 한타였습니다!"

전투가 시작되고, 진행되고 끝난 다음 부활하고 정비하는 시간까지.

서로 열심히 작업해둔 와드의 지속시간이 끝나 다시 어둠이 찾아온 맵을 조심스럽게 전진하느라 소강상태가 지속되었다.

그 덕분에 역사적인 한타 리플레이를 다시 볼 수 있었다.

얼마나 대단한 장면인지 이례적으로 두 번의 리플레이가 경기 중 재생되었다.

몇 번을 봐도 질리지 않을 것만 같은 장면.

세세하게 뜯어보니 모든 선수가 저마다 할 수 있는 최선의 플레이를 전부 펼쳐 보인 최고의 한타였다.

"이 선수들 이렇게 싸우는데 과연 승부가 날 수 있을까요?"

"그러게나 말입니다. 이 정도 집중력이면 정말 한 끗 차이로 승부가 갈릴 수도 있습니다."

"열 명의 선수들 중 가장 먼저 집중력을 잃는 선수가 등장하는 팀에서 뼈아픈 패배의 쓴잔을 마시게 되겠군요."

"이제 중반에 접어드는 시점인데요. 아직은 전혀 그럴 기미가 보이지 않죠?"

"말씀하신 것처럼 게임은 중반에 접어드는 시점인데 양 팀 계속 치열하게 싸우는 바람에 첫 번째 용이 아직도 살아남았습니다. 다시 한 번 용 싸움이 벌어지겠죠?"

해설진의 예측은 정확하게 들어맞았다.

양 팀은 끊임없이 라인 관리를 병행하며 아주 조심스럽게 드래곤 서식지 주변 시야 장악에 힘썼다.

◆

문득 그런 생각이 들었다.

예상치 못한 일격을 당해 다시 용 싸움을 벌여야 할 상황이 되었을 때.

전략을 한 번 비틀어보면 어떨까?

정비하던 우리 팀원들은 서서히 아이템을 갖추기 시작했고 첫 용을 획득하기도 전에 투 코어를 완성할 수 있었다.

안정적인 선택이라면 당연히 힘의 격차가 벌어질 때까지 최고의 집중력을 유지하면서 지속적인 한타에서 이득을 노리는 게 정답이었다.

그러나. 빈틈을 노릴 수 있다면 적당한 득을 내어주고 더 큰 이득을 챙겨올 수도 있어 보였다.

"우리 크래셔 사냥으로 틀어보는 거 어때?"

"갑작스럽게? 크래셔로?"

"저쪽에서는 계속 용 서식지 주변에 시야 플레이 하면서 동수 교환으로 성장할 타이밍을 넘볼 거야. 크래셔 먼저 먹고 운영 주도권 쥐는 편이 나을 지도 몰라."

"하긴…. 아이템 이 정도 나왔으면 기습적으로 먹고 빠질 수도 있을 것 같은데?"

"용은 내주고 크래셔를 챙기면 훨씬 수월할 수 있어."

나의 의견에 팀원들이 동조해주었다.

적에게 의도를 들키기 전 빈틈을 노릴 수 있는 기회는 지금 뿐이었다.

도경민이 미드라인으로 나아가면서 말했다.

"어차피 나 지금 순간이동 없어서 합류 타이밍이야. 미드라인에 얼굴 들이밀고 연기할 테니 진욱이가 올라가서 와드 작업 해봐."

"오케이. 우리도 용 서식지 주변에서 연기할게."

"크래서 녹이고 트로피 가지러 가자!"

팀플레이에서 가장 중요한 부분이 의도를 숨겨야 할 플레이를 펼치기 전 적에게 잘못된 정보를 주는 것이었다.

팀원들은 한 마음이 되어 용 서식지 주변으로 뭉쳐 움직이는 듯 적에게 거짓 정보를 흘렸다.

내가 크래서 주변 시야 장악에 성공하면 그대로 뭉쳐 올라올 것이다.

방금 막 떠올린 작전이지만 우리는 마치 이 타이밍을 준비한 사람들처럼 물흐르듯 자연스럽게 움직였다.

나도 와드를 세 개나 사들고 탑 라인과 미드라인 중간 협곡으로 나아갔다.

워낙 오랜 시간 다 함께 용 서식지 주변에서 싸워댔으니 이쪽에 적의 시야가 없음은 거의 확정적이었다.

그래도 혹시 모를 일이라 적의 접근을 눈치 챌 수 있는 경로에 와드 설치를 위해 적 정글로 들어갔다.

"오케이. 이쪽에 시야 없는 것 같…. 어엇!"

나는 팀원들에게 정보를 브리핑하다 나도 모르게 소리칠 수밖에 없었다.

내가 시야 장악을 위해 올라가는 경로에서 적과 마주쳤기 때문이다.

하필이면 마주친 것이 브레이커 이상현의 야소였다.

본래 시야 장악을 위해 움직여야 할 챔피언은 바로 서포터와 정글러이다.

그런데 이 곳에서 야소와 만났다?

볼 것도 없이 ST S 선수들도 우리와 꼭 같은 생각을 하고 움직였다는 말이 된다.

아이템 구비 정도가 비슷하다 보니 자연스럽게 빈틈을 노려볼까 싶었던 것 같다.

그 때문에 적의 4인조도 용 서식지 근방에서 연기를 하고 있고 브레이커 이상현의 야소도 그저 시야 장악을 위해 올라온 것일 뿐인 거다.

그런데 이렇게 마주쳤다.

우리가 빈틈을 노려볼까 했고 저들도 빈틈을 염두에 둘만큼 우리가 맞붙을 때마다 치열했다는 증거이다.

어떻게 하면 좋을까?

순간적으로 머릿속에 엄청난 경우의 수가 스쳐 지나갔다.

하지만 결론을 도출하기도 전에 이상현이 저돌적으로 달려들었다. 명백하게 승부를 거는 모습이었다.

"싸운다! 올라와!"

싸움을 걸어오는데 피할 필요는 없었다.

아군은 언제든 올라올 수 있는 위치를 점한 채 대기 중이었으니 이제부터는 합류 싸움이다.

무엇보다도 이미 라인전이 아닌 이상 내가 이상현에게 밀릴 이유가 전혀 없었다.

"합류하는 놈들 끊어먹어!"

그게 그 안에서 내가 내린 가장 좋은 방책이었다.

라인전도 아닌 개활지에서 동등한 입장의 1:1 싸움 정도는 브레이커 이상현이라 할지라도 자신 있었다.

압도적으로 찍어 누르지 못하겠으나 멍청하게 당하지도 않을 것이라는 확신이었다.

나와 이상현이 따로 빠져 있다면 남은 팀원들 간의 4:4 싸움은?

먼저 자리를 잡고 기다리는 우리가 훨씬 유리하다는 생각이 들었다.

팀원들에게 콜을 던져 두었으니 알아서 잘 해낼 것이다.

역시나 팀원들은 합류하는 길목에 서서 시야를 밝히며 부시 안으로 숨어 들었다.

동시에 내가 달려드는 이상현의 야소를 향해 함께 달려들었다.

하세기!

솔!

하앗!

찰나의 순간에 정신없이 두 야소의 검과 검이 오갔다.

이미 세계 최강에 오른 브레이커 이상현이라는 상대를 앞에 두고 자신 있게 싸울 수 있는 것에는 이것이 게임이라는 점이 가장 크게 작용했다.

현실적으로 이 정도 경력과 위상의 차이가 나는 둘이 검으로 승부를 가린다면 막고 흘리는 등 일체의 검술이 동반될 테지만 이것은 게임이다.

내가 찌르면 상대가 제 아무리 이상현일지라도 찔린다.

공격을 하고 그 공격을 피하는 것 외에 그 어떤 것도 필요치 않다.

서로 몇 번의 공격을 주고받은 다음 살짝 떨어져 다음 스킬 쿨 타임을 기다리며 거리를 쟀다.

체력은 서로 3분의 1가량 닳은 상태.

곧 다시 스킬 쿨 타임이 돌았다.

야소의 최대 강점 중 하나가 짧은 스킬 쿨 타임이었다.

자칫 한눈 팔면 지속적인 스킬 공격에 금방 녹아 없어져 버릴 수도 있었다.

솔!

하세기!

이번에도 역시 서로 공격을 적중시켰다.

그런데.

"이런 썅…!"

평소 욕을 잘 하지 않는 나지만 거친 발음이 튀어나왔다.

기본공격 판정의 스킬을 서로 주고받았는데 이상현의 야소는 치명타를 터뜨렸고 나의 공격은 치명타가 터지지 않은 탓에 체력에 격차가 생겼다.

치명타 확률에서 벌어진 차이는 말 그대로 치명적이었다.

서로 같은 공격력, 같은 속도로 때린다고 했을 때 내가 공격을 피해야만 동등한 입장이 되고 두 번을 피해야 우위에 설 수 있을 만큼 엄청난 차이였다.

이대로 정면승부는 좋지 않다는 생각이 들자마자 곧장 후퇴할 루트를 계산했다.

하지만 승기를 잡은 이상현이 나를 곱게 놓아줄 리 없었다.

처음으로 집요한 모습을 보이는 그를 보니 이번 전투에서 우승의 향방이 갈릴 것 같은 강한 예감이 들었다.

우승이라는 타이틀이 눈앞에 다가와 있으니 속에서 무언가 끓어오르는 것이 느껴졌다.

◆

동시에 맵의 커다란 공간을 두 개로 나눠 산발적인 전투가 벌어지자 해설자들의 입이 바쁘게 움직였다.

"맵 중단의 부쉬 안에서 양 팀의 미드라이너를 제외한 모든 선수들이 맞붙었습니다!"

"팀 데몬은 단단하게 버티고 서서 미드라이너 두 사람의 싸움을 방해하지 못하게 벽을 치고 있습니다! 반면에 ST S 선수들은 뚫고 들어갈 틈을 보고 있는데요!"

"이상현 선수가 합류해야 딜이 나오거든요? 나무요정을 루시앙이 무자비하게 때리고 있지만 딜이 안 들어갑니다!"

양 팀의 선수들이 팽팽하게 대치하고 있는 맵의 중단을 보고 해설진들이 침착하게 설명을 이어가다가 옵저버 화면이 바뀌며 야스오의 미러전 대결이 펼쳐지는 전장이 비춰지자 다시 톤이 높아졌다.

"오히려 베놈 권진욱 선수가 맵 중단의 팀원들에게 합류하기 위해 움직이는데요!"

"아 루트가 좋지 않습니다. 체력 상황도 오히려 좋지 않은데요? 브레이커 이상현 선수가 뒤를 잡는 모습입니다! 빠져나갈 수 있나요?"

"두 선수가 모두 같은 챔피언이라 딱히 큰 변수가 없는데요! 어떻게 됩니까!"

권진욱 베놈의 상태는 매우 위태로워 보였다.

어떻게든 몇 번의 공격만 더 들어가면 맥없이 쓰러질 것처럼 보였고 뒤로 빠지기에도, 앞으로 나아가기에도 환경적인 자원이 부족해 보였다.

야소의 적을 타고 물 흐르듯 이동하는 스킬은 때에 따라 강력한 도주기이자 추격기가 되기도 하는데 주변에 타고 넘어갈 매개가 없으면 없는 스킬이나 마찬가지였다.

지금 상황으로 보자면 팀원들에게 다가갈 길목을 막고 선 브레이커 이상현을 넘어가기 쉽지 않아 보였다.

그런데.

그 순간 텅 빈 송곳부리 캠프의 정글 몬스터가 재생성 되었다.

동시에 칼날 폭풍 충전이 되어 있던 베놈 권진욱의 야소가 한 치의 고민도 없이 송곳부리 몬스터에게 칼날 폭풍을 발사했다.

"지금 체력 상황이 저렇게 좋지 않은데 갑자기 칼날 폭풍을 저렇게 사용합니까? 유일한 원거리 견제 수단이자 CC 기술인데요!"

"잠시만요! 송곳부리 몬스터가 칼날 폭풍에 맞아 캠프를 뛰쳐나왔습니다! 브레이커 이상현 선수의 야소 근처로 나오게 되자 베놈 권진욱 선수가 송곳부리 몬스터를 타고 이동합니다! 길이 열렸어요!"

"아아! 기가 막힌 타이밍에 송곳부리 캠프에 정글 몬스터가 재생성 되었습니다!"

"하늘이 길을 열어주는 겁니까? 한 박자 늦게 뒤를 쫓기 시작한 이상현 선수가 칼날 폭풍을 쏘아 내는데 권진욱 선수

바람의 장막으로 막아 냅니다! 그리고는 맹목적으로 새끼 송곳부리를 공격합니다! 본인은 지나왔는데 몬스터가 죽어 버리니 이상현 선수가 따라갈 수가 없습니다!"

결정적인 순간 나온 반짝이는 아이디어였다.

권진욱은 송곳부리를 이용해서 이상현이라는 벽을 넘어 팀원들의 품에 한 발 다가설 수 있었다.

"팀 데몬 선수들 동시다발적으로 권진욱 선수와 합류하기 위해 올라갑니다!"

"박명건 선수가 비전 이동으로 접근해서 힐 스킬을 사용해 권진욱 선수를 사지에서 구출해 나옵니다!"

"이제 팀 데몬의 선택이 중요한데요?"

"다 같이 위로 올라갑니다! 상황이 역전되었습니다! 브레이커 이상현 선수가 고립되었습니다!"

팀 데몬은 홀로 떨어진 브레이커 이상현을 덮치고 올라갔다.

팀 내에서 거의 유일하게 화력이 나오는 이상현이기에 ST S 입장에서는 반드시 구출해야만 하는 상황이었다.

지금 이 자리에서 한타에 패배하게 되면 바로 곁에 있는 크래셔 뿐만이 아니라 곧장 드래곤까지 빼앗기게 될 테고 아이템 격차와 버프 격차가 벌어지며 포탑 철거가 시작될 것이었다.

최악의 상황이 되는 것을 막기 위해 ST S 선수들이 결단을 내렸다.

"브레이커 이상현 선수 과감하게 적진으로 뛰어듭니다! 장막을 사용하며 적 챔피언들을 타고 팀원들에게 합류할 생각인 것 같습니다!"

"곧바로 션의 쉴드가 씌워집니다! 어떻게 되나요!"

"아이디어는 좋습니다만 버틸 수 있을까요!"

"임정현 선수의 브라운이 점멸까지 활용해서 붙어줍니다!"

"혼전 속에서 드디어 펼쳐졌습니다! 5:5 한타입니다!"

어떤 선수의 순간적인 기지로 인해 미처 준비와 계획 없이 벌어진 한타였다.

그 안에서도 열 명의 선수들은 모두 최고의 피지컬을 발휘했다.

션은 적진 한 가운데 떨어지자마자 도발로 이어지는 점멸 콤보는 팀 데몬의 딜러진을 모두 묶어냈다.

그 위로 덮이는 임정현의 브라운 궁극기!

그러나 위력적인 브라운의 궁극기가 ST S에게만 있는 것도 아니었다.

맞은편에서 나무요정이 적진으로 뛰어 들었음과 동시에 정남규의 브라운도 궁극기를 사용했다.

"에어본! 양 팀 다수의 선수들이 에어본에 당합니다!"

"권진욱 선수의 야소는 도발에, 이상현 선수의 야소는

나무요정의 뒤틀린 전진에 묶였습니다!"

"짧은 에어본이 끝나버렸네요! 궁극기 찬스를 잃었습니다!"

"아아! 말씀드린 순간에 나무요정의 비전 강타!"

"루시앙과 야소가 뒤로 밀려납니다! 권진욱 선수의 야소가 궁극기를 사용합니다!"

"체력 상황이 불안합니다! 궁극기 시전 중에 죽을 것 같은데요? 위험합니다! 위험해요!"

속사포처럼 쏟아지는 해설진의 설명과 전광판에 보이는 상황이 교묘하게 맞물리는 가운데 위태로운 권진욱의 야소가 금빛으로 물들었다.

일어나라!

이어지는 야소의 대사.

소리에겟 돈!

한 줄기 빛이 쬐는 것처럼 천사의 목소리가 울려 퍼지자 경기장 전체가 진동했다.

우와아아아아아아아아아아아!

현장에 참석한 팬들이 모두 알아볼 수 있는 스킬이었다.

게일의 존재 이유!

잠시 무적 상태로 돌입하게 되는 궁극기였다.

"권진욱 선수의 야소가 무적 상태로 궁극기를 사용합니다!"

"체력은 바닥이지만 공격력은 그대로거든요! 루시앙과 야소가 그대로 다운됩니다!"

"대패! ST S 대패합니다!"

"이번에는 딜러가 모두 죽어버렸습니다! 기적이 또 일어나기 어려워 보입니다!"

"나무요정이 전장을 휩쓸고 있습니다!"

"게일의 공격력도 어마어마하네요! 션을 녹여버립니다!"

"브라운과 거미여왕 둘만 남았네요! 적의 딜이 너무 강합니다! 버틸 수가 없어요!"

너무 갑작스럽게 벌어진 전투였던 만큼 퇴로를 충분히 고려할 여유도 없었고 준비도 없던 상태였다.

딜러가 삭제되는 순간 ST S에게 승산은 없었다.

결국 도망치는 거미여왕과 브라운까지 덜미를 잡아 끌어당겨서 잔인하게 처단한 팀 데몬은 유유히 방향을 틀어 크래셔 남작 둥지로 전진했다.

"크래셔 남작이 녹습니다! 엄청난 속도로 사냥합니다!"

"5:0 스코어로 한타를 대승했습니다! 경기가 확실하게 기울어버렸습니다!"

"크래셔 버프를 두른 채로 선수들이 용 서식지로 향합니다!"

"한 번의 승리로 대형 오브젝트 두 개를 동시에 가져갑니다!"

"이제 남은 건 포탑이네요. 적의 포탑을 차례로 정리하게 되면 아이템 차이가 극심하게 벌어지게 될 텐데요!"

모든 것은 정해진 수순이었다.

ST S의 팬들은 결정적인 순간에 재생성 된 송곳부리 캠프의 정글 몬스터를 떠올렸다.

하늘이 돕는 것은 누구인가?

ST S 팬들의 목에서 통한의 비명이 조금씩 커지는 만큼 팀 데몬 선수들의 자신감도 덩달아 커졌다.

본진으로 귀환해서 재정비를 마친 팀 데몬 선수들은 의기양양한 태도로 131 구도로 맵 전체로 찢어졌다.

야소가 탑 라인으로.

정글러와 바텀 듀오가 미드 라인으로.

나무요정이 바텀 라인으로.

ST S는 우승을 코앞에 둔 문턱에서 마지막 고비를 맞이하고 있었다.

브레이커 이상현.

그 이름값에 사람들이 거는 기대가 이토록 컸던 적이 또 있었을까?

절망적인 상황이지만 사람들은 이상현에게 기대를 걸었다.

아니, 절망적인 상황이기에 이상현에게 기대를 걸었다고 표현하는 편이 맞을 것 같았다.

팬들 뿐이겠나.

같은 팀원인 ST S 선수들마저도 이상현이 또 다시 뭔가를 해주길 고대하고 있었다.

"131 스플릿 운영이 시작되었는데요. 도무지 막아낼 수 있는 방법이 보이지가 않습니다."

"그렇네요. 단 한 번의 대패였는데요. 거기서 벌어진 격차가 너무나도 큽니다."

"수차례 동수 교환을 이끌어 냈는데 딱 한 번의 승부로 우승의 향방이 갈릴 위기에 놓였습니다! ST S!"

"뾰족한 수가 없을까요?"

"일단 배에 힘 딱 주고 버텨야겠죠? 야소와 야소 사이의 성창 격차는 그렇게 크지 않습니다. ST S의 킬 포인트를 대부분 야소가 가져간 덕분인데요. 야소 라인은 야소가 막아야 하겠습니다."

"하기야 나무요정이 제 아무리 단단하지만 션이 포탑 끼고 버티면 일단 막아낼 수는 있거든요?"

"네, 정글러와 바텀 듀오 사이 격차가 너무 큰 게 문제지만 두 라인이라도 버텨볼 수 있다는 부분이 지금 ST S가 기대를 걸어볼 수 있는 유일한 조건입니다."

해설진의 전망도 그들에게는 비관적이었다.

역시나 전문가의 설명이라는 걸 보여주기라도 하듯 ST S 선수들은 각 라인에 맞춰 131 구도로 찢어져 수비적인 포지션을 점하기 시작했다.

시야 작업, 활동 반경, 아이템 구성까지 모든 것이 버티고 버텨 극 후반을 노리려는 의도가 고스란히 보였다.

이제 ST S의 입장이 간단해졌으니 팀 데몬의 공략 방법에 모든 것이 달려 있었다.

"진돗개 운영의 정수를 만들어낸 팀 데몬입니다. 이 정도 격차면 정말 유리한 상황이라고 말씀드릴 수 있겠어요."

"어디를 물고 늘어질까요? 공략 방법은 어떤 걸 선택할까요? 정면 돌파? 운영? 오브젝트 관리? 무엇이든 입맛대로 골라 실행할 수 있습니다. 팀 데몬!"

"탑 라인을 보세요. 권진욱 선수의 야소가 이상현 선수의 야소를 놀리듯 절대로 맞상대해주지 않으며 라인만 밀어 넣고 있습니다."

"이상현 선수 매우 답답하겠는데요?"

본인의 능력과 역량, 이름값에 걸맞는 만인의 기대가 어깨를 짓누르고 있다는 사실을 이상현이 모를 리 없었다.

누구보다 무겁게 그 책임감을 느끼고 있기에 우승 문턱에서 좌절 직전까지 내몰린 절체절명의 상황에 뭔가 반전의 여지를 만들어내기 위해 끊임없이 움직였다.

"라인을 밀어 넣고 추격을 해봐도, 정글을 타고 미드라인을 압박 중인 적들의 뒤를 노려봐도 팀 데몬은 귀신같이 이상현 선수의 움직임을 읽고 대처합니다!"

"그러는 동안 평화로운 바텀 라인은 서서히 ST S 본진 안으로 밀려들어가고 있죠?"

"나무요정이 대놓고 션을 무시한 채 포탑을 공략할 수는 없지만 말이죠. 이런 대치가 무한하게 반복된다면 결국에는 포탑이 깨지게 되어 있어요! 전투병이 한 대 씩 때리는 것만으로도 포탑 체력이 닳거든요."

물론, 포탑이 깨지는 것보다 밀려드는 전투병을 받아먹으면서 ST S 선수들이 성장하는 게 더 빠르게 다가올 미래이기는 했으나 이런 식의 고착 상태는 썩 좋지 않았다.

버틴다는 것은 본진 안으로 적의 침입을 허용하지 않는 선에서의 수비를 말하는 것이었다.

"말씀드리는 순간 미드라인 2차 포탑까지 철거가 완료됐어요! 한 번 출장에 벌써 팀 데몬이 가져간 포탑이 네 개째입니다. 글로벌 골드 격차가 어마어마하게 벌어지네요."

드디어 종국을 향해 치닫는 것인가.

네 개의 포탑 철거를 완료한 팀 데몬은 마침 크래셔 버프가 끝나고 드래곤 재생성 시간이 근접함에 따라 정비의 시간을 가졌다.

일제히 맵의 중반으로 빠져서 귀환 타이밍을 잡는데 갑작스럽게 ST S 선수들이 본진을 박차고 나왔다.

"어엇! 브레이커 이상현 선수! 저돌적으로 귀환 타이밍을 잡은 베놈 권진욱 선수에게 달려듭니다!"

"맵의 다른 방향에서 팀 데몬 선수들은 이미 귀환에 성공했는데요! 귀환이 끊기며 홀로 남았습니다."

"어떻게 된 걸까요? 귀환 타이밍 잡는지 알 수 있는 방법이 딱히 없었을 텐데요!"

"어쨌거나 정확하게 타이밍을 재고 나온 이상현 선수가 권진욱 선수를 추격합니다!"

"곧바로 이상현 선수의 야소에게 션의 궁극기가 사용되며 순식간에 2:1 구도를 만들어내는데요!"

아무도 위험할 거라고 예상하지 못했던 찰나의 타이밍을 정확히 잡고 나온 브레이커 이상현.

반전의 신호탄을 이미 쏘아 올린 그였다.

◆

굉장히 당황스러웠다.

무난하고 간단하게 승리를 가져올 수 있었다.

이대로 본진으로 귀환해 아이템 격차를 더 벌린 다음 바텀 운영을 하며 탑을 압박하면 문을 두드리지 않아도 자연스럽게 문이 열릴 상황이었다.

그런데 깜깜하게 뒤덮였을 ST S의 맵 상황에서 내가 귀환하기 위해 살짝 빠져나온 것을 어떻게 눈치 챈 걸까?

순식간에 션의 그림자까지 덮여 두 명의 추격조가 구성되었다.

"나 도망가기 힘들 것 같은데?"

이 상황에 스펠까지 사용해가며 도망쳐 봐야 결국 죽는다.

이제는 적의 스펠 두 개를 다 빼고 죽을 것인지 아니면 깔끔하게 스펠은 아껴둔 채로 죽고 다음 턴을 노릴 것인지 결정해야 했다.

팀원들의 피드백이 곧장 들어왔다.

"될 수 있으면 둘 다 스펠 빼는 방식으로 교환해봐! 우리도 곧바로 지원갈게!"

"벽 너머로 튀어! 정글 이용해 봐!"

"아슬아슬하게 살릴 수도 있으니까 일단 달려!"

"스펠 아끼지 마!"

통일 된 의견이었다.

나의 스펠을 이용해 적의 스펠을 빼는 것은 상황에 따라 굉장히 위력적인 방법이 될 수 있었다.

특히 지금 같은 경우 션과 야소의 스펠을 뺀다면 다음 싸움 때 션의 도발 점멸 콤보가 사라지기에 아군의 딜러들이 수월해진다.

야소의 점멸이 사라지면 우리 나무요정이 물어뜯기 수월
해진다.

나 하나의 희생으로 얻어올 수 있는 것이 많다는 것이다.

결정된 즉시 움직였다.

"정글로!"

나의 루트를 팀원에게 간단하게 전한 다음 라인을 타고
도망치던 루트를 꺾어 정글 방향으로 자리를 잡았다.

그리고 정글을 구분하는 벽을 안은 채로 점멸을 사용했
다.

팟!

적의 야소와 션이 따라 들어오면 나의 임무는 끝이 난다.

그런데.

"야! 뭐야! 안 오는데?"

"어디 갔어 쟤네?"

"뭐야? 그대로 포기하는 거야?"

"션 궁극기 빠졌잖아?"

"우리 바텀 라인 비어서 어차피 운영도 안 된다. 쟤도 순
간이동 돌았을 거야."

운영 주도권에 하등 영향을 주지 않는 션의 궁극기를 소
비해서 나의 점멸만 빼고 빠지는 약은 플레이였다.

뭔가 제대로 뒤통수를 후려 맞은 듯한 기분이었다.

단체로 귀환 타이밍을 잡은 걸 읽고 추격해서 스펠을 낭비시킨 다음 파 놓은 함정에는 당하지 않은 채 사소한 이득을 가지고 돌아갔다.

누군가 내 머릿속에 들어와서 의도를 샅샅이 읽은 다음 움직이는 것만 같은 느낌이 들었다.

내 머릿속을 들여다보는 사람…?

누굴까? 저들 중 도대체 누가 그것이 가능할까?

부스 안에 있는 선수들을 생각하며 고개를 저었다.

퇴색되었다고는 하지만 그래도 전생의 경험과 기억이 아직 남아 선수들에게 쉽게 읽힐 만한 레벨은 아직 아니었다.

반론의 여지 없이 현존 최강이나 저 선수들의 기량이 내가 알던 최고의 정점을 찍기 전이기도 하고 말이다.

자연스럽게 의심대상은 대기실에 있을 코칭스태프에게 돌아갔다.

그리고 바로 깨달을 수 있었다.

장노철 감독.

그의 존재가 오늘 만큼은 ST S에 협력 중이었다.

결승전이나 포스트 시즌에 중요한 경기를 앞둔 팀을 돕는 감독이나 코치들은 많다.

이렇게 전면에 나서 적극적으로 돕는 경우는 드물지만 없는 것도 아니다.

장노철 감독을 원망하지는 않는다.

다만, 그토록 무서운 무기를 저 ST S 선수들에게 전수한 것이 안타까울 따름이었다.

무엇을 위해 저들을 돕는 것인가!

파악은 나중 일이었다.

"다들 와드 설치 작업 방식 바꿔요! 우리 읽히고 있어!"

"그럴 리가? 읽을 줄 알았으면 처음부터 읽었겠지! 그럼 우리가 유리한 고지를 잡았겠어?"

"아니에요. 저들은 지금 우리 버릇에 적응 중인 겁니다. 장노철 감독이 처음부터 패를 다 공개했을 거라곤 생각하지 않아요. 마지막세트 시작 전에서야 알려줬을 겁니다. 경기 초반에는 감을 못 잡아서 왔다갔다 한 것 뿐이고요."

"이제 제대로 감 잡고 쫓아온다 이거야?"

나는 긍정의 의미로 한숨을 크게 내쉬었다.

크래서 사냥을 하러 올라갔을 때 이상현과 마주친 순간 깨달았어야 했다.

그러나 지금이라도 깨달아서 참 다행이었다.

이런 순간을 대비해 우리는 버릇을 바꾸는 훈련도 게을리 하지 않았으니까.

선수들은 곧바로 경계심을 극한까지 끌어올린 상태로 뭉치기 시작했다.

팀원들과 당당히 탑 라인을 밀고 올라가다 보니 문득 그런 생각이 들었다.

저들은 우리의 정보를 읽고 있다.

그리고 우리가 장노철 감독의 전략을 읽어내서 체득했다는 사실은 모르고 있다.

그렇다면 이 정보를 역이용할 수 있지 않을까?

나는 그 생각이 머릿속에 떠오른 즉시 팀원들에게 말했다.

"잠깐, 취소! 와드 설치 작업 방식은 그대로 두고…. 그냥 우리가 한 번 바꾸어 보죠?"

◆

추격하는가 싶더니 무너지고 말았다.

마치 어두운 밤에 가느다란 빛줄기를 따라 흘러드는 날파리 떼 마냥 ST S는 팀 데몬이 파 놓은 함정에 족족 끌려들어갔다.

"아아! 이번에도 갑작스럽게 뒤를 물리는 ST S! 시야 작업이 제대로 되지 않은 상태에서 고개를 빼꼼 내밀었거든요?"

"그렇죠. 고개를 내밀자마자 팀 데몬이 멱살을 잡고 끌어냅니다! 잔인해요!"

"이번 한타에서 밀리면 곧바로 쌍둥이 포탑까지 압박이 들어갈 수도 있는데요! 어떻게 되나요!"

이상현과 장원영의 협력 플레이로 권진욱의 점멸을 소모시킨 순간 살아났던 희망의 불씨는 팀 데몬의 가차 없는 물벼락 세례에 사그라들고 말았다.

권진욱을 필두로 41 운영이 시작되어 맵의 상단부와 하단부를 나눠 움직이는 운영을 보여주던 팀 데몬은 갑작스럽게 와드 작업을 시작하더니 크래셔 남작 둥지 근처에 매복 작전을 펼쳤다.

ST S는 그 와드작업 안에서 크래셔 사냥에 대한 의지를 읽었는지 부리나케 한 덩어리로 뭉쳐 크래셔 둥지로 진격했고 매복 중이던 팀 데몬 선수들에게 옆구리를 강타 당했다.

그렇게 또 한 번의 대패를 겪은 ST S가 여기 드래곤 서식지 앞에서 다시 뒤를 잡혀버린 것이다.

격차는 벌어질 만큼 벌어졌고 불의의 일격을 연속으로 맞았으니 버텨낼 재간이 없었다.

팀 데몬 선수들의 화려한 연계기와 협력 플레이에 정신없이 얻어터지던 ST S 선수들의 챔피언이 전부 맵에 쓰러지고 말았다.

"아아아아! 에이스! 에이스가 떴습니다!"

"이대로 무너지게 생겼습니다! 이런 결과가 나오나요!"

압도적인 무력으로 적을 찍어 누른 다음 전진하는 팀 데몬의 걸음에 맞춰 팬들이 환호성을 내질러댔다.

팀 데몬 선수들은 순식간에 포탑과 건물을 정리하며 적진에 무혈입성 하는데 성공했다.

그리고는 쌍둥이 포탑을 두드리기 시작했다.

그 타이밍에 맞춰 하나씩 살아나는 ST S 선수들이 불나방처럼 팀 데몬을 향해 달려들었다.

"역부족입니다! 이 말을 ST S 선수들에게 하게 될 날이 올거라고 생각지도 못했습니다만…! 역부족입니다!"

"막아내기 힘들 것 같습니다! 철거 속도가 너무 빠릅니다!"

"넥서스가 드러납니다! 팀 데몬 선수들 ST S 선수들을 무시한 채 넥서스를 강제 공격합니다!"

"터집니다! 터집니다!"

"우승이 눈앞에 있습니다! 넥서스 체력이 절반! 다시 그 절반까지 떨어졌고요!"

결국….

팀 데몬의 거침없는 행진의 끝에는 우승이라는 타이틀과 트로피가 기다리고 있었다.

넥서스가 터져나감과 동시에 해설진, 팬들의 오늘 마지막 열정까지 함께 폭발했다.

"아아! GG! GG!"

"게임이 터집니다!"

"팀 데몬 우승합니다! 우승!"

우와아아아아아아아아아!

함성과 환호, 열정적인 목소리에 파묻힌 선수들 게임 부스 안에서 팀 데몬 선수들이 양 팔을 벌려 우승의 감격을 만끽하며 일어섰다.

우승!

그토록 꿈에 그리던 우승의 순간이었다.

전생과 현생을 통틀어 이 순간만을 머릿속에 그리며 보낸 시간이 얼마나 될지 알 수 없을 만큼 많은 시간을 꿈 꿨던 바로 그 시간이 온 것이다.

게임이 끝남과 동시에 팀원들은 의자를 박차고 일어나 환호를 지르며 펄쩍펄쩍 뛰었고 부스 밖에서는 폭죽이 터졌다.

동시에 부스 입구 문이 덜컥 열리며 차 감독과 장 코치, 송 매니저까지 감격스러운 얼굴로 뛰쳐 들어왔다.

"감독님! 감독님! 우승입니다!"

"우리가 우승이라니!"

"해냈어요! 정말로 저희가 해냈다고요!"

마치 착한 일을 하고서 칭찬해주길 바라며 부모 품으로 뛰어드는 어린 아이들 마냥 선수들은 차 감독에게 달려갔다.

차 감독은 환한 얼굴로 선수들을 하나씩 보듬어 주면서
격려했고 축하했다.

나는 차마 그의 품으로 달려갈 수 없었다.

이미 아까 전부터 뭔가 내 주먹보다도 훨씬 큰 것을 억지
로 삼킨 것처럼 묵직한 것이 목구멍 바로 밑에서 나를 꽉
누르고 있었다.

꾸역꾸역 잡아두고 버티지 않으면 울컥 올라와 눈물이
터질 것만 같았다.

전생에서 그리던 이 순간.

불가능할 일이라고만 생각했던 내 인생에 찾아온 변화와
새롭게 주어진 기회.

다시 꿀 수 있었던 꿈과 이루기 위해서 들인 노력.

처음 팀 데몬에 합류해서 플레잉 코치가 되어 죽도록 노
력하고 달려왔던 그 모든 것이 한 덩어리로 뭉쳐 나를 자극
했다.

한 걸음도 걷지 못하고 꾸역꾸역 감정을 억누르고 있는
나를 보면서 차 감독이 씩 웃어주었다.

누구보다 열심히 했던 나를 가장 잘 이해해주고 가장 열
심히 서포트 해줬던 장본인이었다.

차 감독이 먼저 달려든 선수들을 한 명씩 축하해주고는
뚜벅뚜벅 걸어 내 앞으로 직접 다가와 내 손을 잡아 주었
다.

"고생했다."

그 한 마디에 억지로 참아 내던 감정이 폭발해버렸다.

"끄윽…."

눈물이 흘러 내렸다.

아직 그 어떤 것도 손에 쥐어지지 않았기에 우승했다고 머리는 알려주는데 실감하기 어려웠다.

그런데 트로피를 들어올린 것도 아니고 해설진의 축하 멘트를 듣거나 팬들의 환호성을 들은 것도 아닌데 변함없는 인자한 얼굴로 나의 고생을 인정해주는 차 감독의 한 마디에 현실이라는 것이 새삼 실감이 났다.

따듯하게 내 손을 잡아준 차 감독이 선수들에게 말했다.

"자, 우승의 순간을 우리끼리만 나누면 안 되지. 나가자."

"네!"

차 감독이 앞서 부스를 나섰고 선수들이 뒤를 따랐다.

남아 있던 장 코치와 송 매니저도 밝게 웃으며 내 어깨를 두드려 주었다.

부스 밖으로 나오자 사방이 소음으로 가득했다.

무대로 등장한 선수들을 소개하는 해설진의 쩌렁쩌렁한 목소리에 선수들에게 축하의 환호성을 내지르는 팬들의 함성까지 경기장 전체를 가득 채웠다.

비소로 여러 가지 감정을 뚫고 승리의 기쁨과 우승의 감격이 내 몸을 뒤덮기 시작했다.

차 감독이 실감하게 했고 현장의 환호성이 감정까지 깨웠다.

눈물은 줄줄 흐르는데 절로 입이 귀에 걸렸다.

"로크 챔피언스 코리아! 스프링 시즌의 우승 팀! 피닉스 스톰의 팀 데몬입니다!"

와아아아아아아아아아아아아아아아!

팀 소개와 함께 팬들의 함성이 울리자 우리는 무대 앞으로 나서 일렬로 선 다음 팬들에게 꾸벅 고개를 숙였다.

그 사이 나는 쓸쓸하게 무대 뒤로 퇴장하는 ST S 선수들을 볼 수 있었다.

승자의 뒤에는 항상 패자가 있기 마련이라지만 직접 그들과 경기력을 다투며 여기까지 온 터라 쓸쓸한 입맛을 지울 수가 없었다.

전적으로 코치로만 경기를 지켜보던 시절과는 또 다른 소회였다.

시즌 중반부터 결승에 이르기까지 함께 경기를 거듭하며 좋은 경기력으로 좋은 게임을 만들어준 그들에게 고마운 마음이 들었다.

아쉬움이 커서 그랬던 건지 나도 모르게 몸이 움직였다.

무대 뒤로 나가려는 ST S 선수들과 임정균 코치에게 달려갔다.

나의 돌발행동에 막 인터뷰를 진행하려던 캐스터의 목소리가 멎고 무대 위, 관중석의 모든 시선이 내게 집중되었다.

갑자기 내가 달려오는 것을 확인한 임정균 코치가 멈칫하며 그 자리에 멈춰 섰다.

임정균 코치에게 말했다.

"좋은 경기 펼쳐주셔서 감사합니다."

"그래요…. 뭐…."

"같이 싸운 선수들과 함께 팬 여러분께 인사하고 싶습니다. 부탁드립니다."

정중하고 고개를 숙이며 부탁하는 나를 보며 임정균 코치가 당황했다.

내 뒤를 곧바로 따라온 차 감독이 발치에서 내 목소리를 들었는지 말을 보탰다.

"나쁘지 않잖아? 정균아, 너희 선수들도 훌륭하게 해냈다. 응원해준 팬들에게 인사할 자격은 있어."

업계의 대선배인 차 감독이 웃으며 고개를 끄덕이자 임정균 코치도 어쩔 수 없다는 듯 ST S 선수들에게 손짓했다.

그제야 우울하고 침울한 얼굴로 있던 ST S 선수들이

옅은 미소를 머금고 무대 앞으로 나섰다.

팀 데몬과 ST S.

11명의 선수들이 일렬로 늘어서 서로의 손을 잡고는 관중석을 보며 인사를 했다.

와아아아아아아아아아아아아아아아!

팀 데몬! 팀 데몬! 팀 데몬! 팀 데몬! 팀 데몬! 팀 데몬!

ST S! ST S! ST S! ST S! ST S! ST S! ST S!

팬들이 축하와 격려의 박수를 아낌없이 보내주었다.

캐스터가 목소리를 높였다.

"역대 로크 리그의 어떤 결승전 무대에서도 보지 못했던 모습이네요! 항상 우승 팀은 축제를 즐겼고, 아쉽게 준우승으로 만족해야 했던 팀은 무대 뒤에서 쓸쓸함을 느껴야만 했는데 말이죠. 정말 멋진 모습니다! 더 큰 박수로 축하와 격려를 보내주시기 바랍니다!"

다시 한 번 팬들의 함성과 박수가 쏟아졌다.

아쉬움에 쓸쓸한 미소를 머금어야만 했던 ST S 선수들의 표정은 금세 환하게 밝아졌다.

뿌듯했다.

승자와 패자가 아닌 우승과 준우승을 거머쥔 이번 시즌 최고의 팀들, 선수들에게 걸맞는 피날레였다.

못마땅한 듯 보이던 임정균 코치도 팬들의 환호에 마음이 풀렸는지 웃는 얼굴로 인사를 마무리한 다음 선수들을 챙겨 무대 뒤편으로 사라졌다.

ST S 선수들이 무대 뒤로 퇴장하고 우승 팀의 자격으로 무대 위에 남은 우리의 진짜 축제가 시작되었다.

♦

캐스터가 무작위로 선 선수들을 소개하며 차례로 인터뷰를 시작했다.

"자, 여러분 오늘 이번 시즌 모든 경기 중에서 포텐이 폭발해버린! 최고의 모습을 보여준 팀 데몬의 탑 라이너 도경민 선수입니다!"

팬들의 박수와 환호가 도경민을 향해 쏟아졌다.

캐스터가 물었다.

"자, 도경민 선수. 데뷔시즌인 팀 데몬과 다른 선수들과 다르게 중고신인이라는 별명이 붙어 있습니다. 사실 피닉스 스톰이 챔피언스 리그에서 활약할 때 탑 라인 서브 멤버로 몇 경기 나선 적이 있죠?"

"네, 중고신인이라는 별명이 딱 맞습니다."

"하하하, 그런데 오늘 엄청난 활약 보여주셨습니다. 등장하자마자 큰 이슈가 되며 지금도 각종 커뮤니티에서 소나무 메타의 창시자라는 칭송까지 듣고 있거든요? 이런 톡톡 튀는 아이디어는 어디에서 솟는 겁니까?"

"사실 카우스타와 나무요정을 탑에서 활용할 수 있게 연습을 제안한 건 저희 팀 코치이자 에이스인 권진욱 선수였습니다. 저는 그저 코치님의 제안에 따라 연습했을 뿐이죠."

여기저기에서 탄성이 터졌다.

또 권진욱이었다.

예상은 했지만 열어보니 역시나였다.

캐스터도 권진욱의 이름이 나오자 그것에 대해 몇 가지 질문을 더 던졌고 도경민은 강영식과 입을 모아 권진욱에게 공을 넘겼다.

다음 차례로 선 바텀 듀오.

"박명건 선수! 시즌 내내 보여준 좋은 모습으로 독특한 별명을 얻으셨습니다. 안정적인 AD캐리! 사실 안정적이라는 수식어는 탑 라이너에게 많이 붙는 것인데요. 다른 라인에서 캐리가 나올 땐 안정적이게, 본인에게 캐리의 숙제가 주어졌을 때에는 폭발적으로 잘 해냈습니다. 비결이 뭔가요?"

"조합의 힘이라고 생각합니다. 다른 라인에 캐리를 맡겨야 할 때는 제가 생존기 좋거나 라인 클리어가 좋은 챔피언을 사용했고 저에게 캐리의 숙제가 주어진 날에는 전적으로 저를 믿고 서포팅할 챔피언들로 조합이 구성되었으니까요."

"그럼 팀원들에게 공을 돌리시는 겁니까?"

박명건이 고개를 끄덕이자 캐스터가 짓궂게 물었다.

"그래도 딱 한 사람만 꼽으라면 누구를 꼽으시겠습니까?"

"모든 선수들이 잘해주었기에 우승을 할 수 있었죠. 에이스 한 사람만의 힘으로 우승은 힘들다는 걸 저희가 보여 줬습니다. 그래도 한 사람만 꼽으라면 권진욱 선수를 꼽겠습니다. 워낙 잡음이 많았던 시즌 초부터 코치와 오더, 미드라인 에이스까지 담당하며 우리 팀을 하나로 묶어 주었습니다."

이번에도 역시 권진욱이었다.

이쯤 되자 캐스터에게도 오랜 경력에 걸맞는 인터뷰 구상이 생겼다.

주인공을 만들어내자는 생각이 머릿속에 스쳤다.

"정남규 선수! 서포터도 캐리할 수 있다는 장면이 이번 시즌 많이 나왔습니다. 공격적인 보조 딜러로 서포터를 기용하는 다른 팀에 비해 팀 데몬은 언제나 서포터라는 포지션이 뒤치다꺼리 담당이었는데요. 불만은 없으셨나요?"

"그게 제가 가장 자신 있는 플레이였고 그 덕분에 다른 선수들이 편하게 플레이할 수 있었다면 만족합니다."

"아마도 그런 제안을 가장 많이 한 사람을 묻는다면 당연히 코치와 오더를 겸임한 권진욱 선수가 아닐까 싶은데요. 정말로 얄밉지 않으십니까?"

"진욱이가 없었다면 우승은 꿈도 못 꿨을 겁니다. 꿈 꿀 수 있게 해주고 실현할 수 있게 해줘서 늘 고마워하고 있습니다."

마치 짜놓기라도 한 것처럼 선수들은 입을 모아 권진욱에게 공을 돌렸다.

역시나 마치 짜놓기라도 한 것처럼 다음 인터뷰 순서는 정글러 안상규였다.

"안상규 선수! 연습생으로 피닉스 스톰에 몸을 담고 있다가 첫 데뷔 시즌입니다. 그리고 동시에 로크 챔피언스 코리아 최고의 정글러가 아니냐는 소리를 들을 만큼 뛰어난 실력을 보여주셨거든요? 비결이 뭡니까? 또 권진욱 선수입니까?"

"아니요? 제가 원래 게임을 잘합니다."

한바탕 와자지껄한 폭소가 터졌다.

팀의 분위기 메이커 안상규의 천연덕스러운 매력이 그대로 표출되었다.

"제가 최고의 정글러가 된 데에는 다 그만한 이유가 있었겠죠? 하하핫. 알아봐주신 팬분들께 감사드리고요. 제가 좋아하거나 잘 하는 챔피언을 응원해준 팀원들에게 고맙습니다. 코치님, 감독님, 매니저님과 사무국 여러분도 감사드립니다."

안상규 답지 않은 정석적인 멘트.

그가 곧바로 말을 이었다.

"세계 최고의 미드라이너와 격이 맞으려면 제가 세계 최고의 정글러가 되어야 한다고 생각했습니다. 그래서 되었고요. 되고 나니까 탑과 바텀 듀오까지 세계 최고 수준으로 맞춰졌네요. 행복합니다."

팀원들을 모두 치하하는데 그 순서와 교묘한 화법으로 권진욱의 가치를 입증하는 발언이었다.

이미 이전부터 권진욱이 세계 최고라는 인정의 발언이었던 것이다.

그렇게 오랜 시간을 기다려 드디어 모두가 입을 모아 칭찬해마지 않았던 권진욱의 인터뷰 순서.

캐스터가 분위기를 몰아가기 시작했다.

"여러분 눈치 채셨습니까? 모두가 최고라고 인정하고 그의 덕분이었다고 공을 돌린 사나이입니다."

고요해졌다.

팬들이 캐스터의 신호에 맞춰 한 번에 함성과 환호를 쏟아낼 준비를 마쳤다.

"세계 최고의 미드라이너 브레이커 이상현 선수를 맞붙는 족족 좌절하게 만든 새로운 왕좌의 주인공! 베놈 권진욱 선수입니다!"

캐스터의 신호가 떨어지자 기다리던 팬들의 열화와 같은

함성이 폭발했다.

와아아아아아아아아아아아아아아아!

마치 이 순간을 위해서 앞의 모든 상황을 리허설이라도 한 것처럼 자연스럽게 분위기가 연출되었다.

무대 위의 모두가 진심어린 감사의 의미를 담은 눈빛으로 권진욱을 바라봤다.

공간을 울리는 팬들의 환호성과 박수갈채도 이 순간만큼은 오롯하게 권진욱을 위한 것이었다.

하늘에서 내리쬐는 조명과 빛나는 무대, 그 손에 쥐어진 작은 마이크까지도 모든 것이 권진욱을 위해서 존재하는 것만 같은 하늘을 거니는 듯한 분위기였다.

권진욱이 마이크를 들고 입을 열었다.

"안녕하세요. 팀 데몬의 베놈 권진욱입니다."

정적이 흐를 틈이 없었다.

그 어떤 선수의 인사 때보다도 훨씬 더 뜨거운 환호가 한 번 더 쏟아졌다.

캐스터는 그런 팬들의 반응을 충분히 권진욱이 만끽할 수 있도록 잠시 틈을 두고 기다렸다가 능숙하게 팬들의 목소리를 컨트롤하며 입을 열었다.

"궁금하신 것 참 많으시죠? 듣고 싶은 대답도 참 많으실 겁니다. 권진욱 선수와 인터뷰를 나눠보도록 하죠. 우선, 축하드립니다."

"감사합니다."

"무슨 질문을 드려야 할지 모르겠습니다. 팀 데몬 선수들이 입을 모아 말했듯 우승의 가장 큰 공을 세운 일등공신이라 시즌 초반부터 거쳐 온 과정을 낱낱이 짚어가고 싶은데요. 시간 관계상 불가능하니 가장 기본적인 것부터 묻겠습니다. 우승하신 소감이 어떻습니까?"

잡다한 말이 많이 붙어 있으나 담백한 질문이었다.

그러나 결코 그 안에 내포된 의미는 담백하지만은 않았고 속내를 귀신같이 알아들은 권진욱은 크게 호흡을 한 번 내뱉고 진지한 목소리로 말했다.

"우선…. 제게 공을 돌려주려는 팀원들의 겸손한 모습에 가장 감사하고요. 여러 방법으로 응원과 질책을 보내주신 모든 팬 여러분에게 또 감사드립니다. 상규가 말했듯 언제나 지원을 아끼지 않아 주셨던 감독님과 사무국 분들께도 감사드리고 좋은 경기 펼칠 수 있도록 좋은 경기력으로 여기까지 싸워주신 다른 구단 선수들에게도 감사합니다. 우승해서 정말 행복합니다."

"너무 정석적인 대답이었죠? 우승의 비결이 무엇이라고 생각하십니까?"

"비결이라면 역시 팀워크와 노력이겠지만 이것도 정석적이고 재미없는 대답이라고 생각하시겠죠?"

캐스터가 방긋 웃었고 팬들도 폭소를 터뜨렸다.

권진욱이 말을 이었다.

"하지만 사실이다 보니 다른 비결을 만들어 말할 수는 없고 이 말씀은 드릴 수 있습니다. 모두 제가 만든 전략과 전술, 조합의 승리라고 말씀하시는데요. 사실 아무리 좋은 전략과 전술, 조합이 있다고 하더라도 파일럿이 역할을 제대로 해내지 못한다면 쓸모없는 일이 되어버립니다."

권진욱이 탑 라인을 책임지는 도경민과 강영식을 바라보면서 말했다.

"아시다시피 도경민 선수는 안정적인 라인전 능력, 강영식 선수는 공격적인 라인전 능력이 뛰어난 다른 색깔의 탑 라이너입니다. 그 능력 풀에 맞는 챔피언을 쥐어주면 그 누구보다 잘 해내는 게 두 선수의 장점이죠."

다음으로 시선을 돌린 곳에 있던 선수는 안상규였다.

"직접 말한 것처럼 이 친구는 굳이 제가 아니었더라도 최고의 정글러 타이틀을 가져갈 수 있을 만큼 재능이 뛰어난 선수입니다. 제가 한 거라고는 적절한 메타에 맞는 챔피언을 추천해준 것밖에 없었고요. 잘 해낸 것은 말 그대로 순전히 이 친구의 능력인 거죠."

안상규는 능청스럽게 팬들을 보며 마치 개인 무대의 피날레 인사를 하듯 양 팔을 들어 보이고 오른손을 돌리면서 배 앞으로 가져가 허리를 90도로 숙였다.

곧바로 권진욱과 차 감독을 보며 코칭스태프에게 보내는 또 한 번의 피날레 인사를 보냈다.

권진욱의 시선에 들어온 다음 선수들은 바텀 듀오였다.

"사실, 이 두 선수는 거의 한 몸이라 떼어 놓고 설명할 수가 없는데요. 박명건 선수의 안정감과 캐리력은 모두 정남규 선수의 서포팅이 더해져야 완성이 되거든요? 반대로 정남규 선수는 박명건 선수가 언제나 제몫을 다 해주기 때문에 서포팅에 전념할 수 있고요. 두 선수는 완벽한 하나입니다."

받은 공은 다시 돌려준다.

진부하지만 가장 멋있는 모습이었다.

이미 오래 전부터 마지막 순서를 위해 끝에서 여분의 마이크를 쥐고 있던 차 감독이 그 틈을 비집고 들어가 한 마디를 던졌다.

"그런 선수들의 강점을 알아보고, 그에 맞는 최적의 챔피언을 배정하고, 그것을 토대로 조합을 만들어 통솔한 선수가 바로 권진욱 선수입니다."

뜨악하는 권진욱의 표정이 대형 스크린에 그대로 잡히며 팬들의 환호성이 터졌다.

와아아아아아아아아아아아아아아!

캐스터는 이 때다 싶어 한 마디 질문을 더 던졌다.

"자, 이제 빼도 박도 못 하게 일등공신은 확정이 된 것 같죠? 이쯤 되면 숨겨둔 비결 하나 정도는 밝혀 주셔도 될 것 같은데요. 팀 데몬 돌풍이 일어날 수 있었던 원동력! 시원하게 대답해주시죠! 어떤 겁니까?"

자연스럽고 재미있는 분위기 형성과 새로운 스타의 탄생을 알리고 새로운 주인공을 만들어내려는 유도질문이었다.

캐스터의 의도는 그저 권진욱이 '네, 다 제 덕입니다.' 라는 재치 있는 답변을 이끌어내기 위한 것에 있었다.

그러나 별난 선수들을 다 모아둔 팀 데몬에서 그들을 이끌어 우승까지 이끈 권진욱이 별나지 않을 이유가 없었다.

권진욱은 문득 뭔가가 떠오른 듯 잠시 고민하는 듯 하더니 조심스럽게 입을 열었다.

"가만 생각해 보니까 비결이 아예 없었던 것은 아니네요. 확실한 비결이 있었습니다. 그러나 저희만의 비결은 아니었고 이 비결을 사용한 팀들은 상위권에 안착하는 것에 성공했네요. 안타깝게도 저의 존재가 비결은 아니었고요."

일단 여기까지만 들어도 권진욱이 본인을 세우려는 의도가 아님은 알 수 있었다.

그러나 궁금했다.

정말로 숨겨둔 비결이 있는데 심지어 상위권 팀은 모두 이 비결을 사용하고 있다고?

관심이 가지 않을 수 없는 떡밥이었다.

설마 끊임없는 노력과 같은 진부한 대답이라면 하위권 팀들은 노력하지 않았다는 말로 들릴 수 있기에 캐스터가 케어를 위해 준비했다.

그러나 권진욱은 전혀 쌩뚱 맞은 이야기를 꺼냈다.

"게임 안에는 이미 알고 보아야만 보이는 수많은 정보가 존재합니다. 가령 선수들의 사소한 버릇이나 팀 단위 플레이의 습관 같은 것 말이죠. 이런 것들이 또 하나의 정보가 되어 플레이에 영향을 끼칩니다."

"아아… 뭔가 심오한데요?"

"상위권 몇 개 팀이 바로 이 비법을 사용해서 압도적인 승수를 가져갈 수 있었던 겁니다. 포스트 시즌과 결승전에서 보였던 이해가 되지 않는 실수들은 바로 이 정보전에서 나온 사고였고요."

비법을 알려달라고 하니 정말로 꽁꽁 숨겨둔 비법을 꺼내 설명하는 권진욱을 보며 많은 이들이 경악했다.

경악한 사람들의 면면을 보면 방금 발언의 심각성을 제대로 깨달은 이들이 대부분이었다.

팀 단위 게임, 프로라는 레벨의 플레이는 이런 것이다! 그런 의미를 내포한 발언이다 보니 제대로 알아들은 사람이 많지는 않았지만, 일단 알아듣고 나서는 로크 리그의 지각변동을 이끌어낼 만큼 파급력이 큰 발언이라는 걸 알 수 있었다.

이제 다음 시즌이 시작되기까지 모든 팀들이 사소한 버릇과 습관을 고치는 한편 다른 구단 선수들의 버릇을 파악하려는 치열한 훈련과 정보전이 시작될 터였다.

캐스터 역시 오랜 시간 게임 계에 종사했던 경력에서 비롯된 눈치가 있어 얼마나 파급력이 큰 발언이었는지 알 수 있었다.

"곧 리그에 한바탕 난리가 나겠군요. 저희 메인 피디 지금 뛰어가는 거 보이시죠 여러분? 시상식도 아직 안 끝났는데 기획 영상 찍어보려고 저렇게 발에 땀이 나도록 뜁니다."

메인 피디뿐만이 아니었다.

각 게임 매거진 기자들을 비롯해 참관한 다른 구단의 선수, 코치 들도 모두 발등에 불이 떨어진 참이었다.

한가하게 시상식과 행사 마지막까지 기다릴 수가 없었다.

메인 피디는 권진욱이 설명한 것을 토대로 선수들의 실수라고 판단했던 장면들을 편집해 고도의 심리전과 정보전이었다는 걸 알릴 영상을 만들어야 했다.

기자들은 관련된 설명을 수록해서 기사를 작성해야 했고 선수들과 코치들은 당장 본인들의 플레이를 복기하며 습관을 뜯어 고쳐야 했다.

그런 혼란을 던져둔 채로 권진욱은 팀원들과 함께 시상식을 만끽하며 트로피를 번쩍 들어 올렸다.

이 날의 최대 수혜자는 바로 이들이었다.

◆

우리는 시상식과 정규 행사까지 모두 끝난 직후 선수단 대표로 나의 스마트폰을 이용해 스트리밍 방송을 켰다.

바로 이 순간을 위한 계약이었으니 절대 거를 수 없는 중요한 일 중 하나였다.

방송이 시작됨과 동시에 15만의 시청자가 한 번에 접속을 시작했다.

말 그대로 폭주였다.

우리가 결승전이 끝나고 백 스테이지부터 스트리밍 방송으로 현장을 생생하게 공유하겠다고 공지했던 것들이 온라인에서 퍼져 나가며 생긴 현상이었다.

"안녕하세요. 여러분 저희 우승했습니다!"

"와아아아아!"

"우승했어요!"

조그마한 스마트폰 카메라 앞으로 선수들이 모두 달려들어 호들갑을 떨어댔다.

팬들과 스트리밍 방송을 매개로 해서 함께 승리와 우승

의 감동을 한껏 만끽했다.

팬들의 댓글도 폭발적으로 밀어닥쳤다.

축하를 전하는 인사와 여러 가지 궁금증 섞인 질문들이
수 천 개씩 올라간다.

선수들은 일일이 감사를 전하며 우승기념 파티가 예약되
어있는 골든팰리스 호텔 연회장으로 향했다.

"여러분! 보내주시는 후원금은 전액 선수들과 공평하게
나눌 겁니다. 다른 선수 팬이라고 방송 켜라는 채팅은 그만
올려주세요!"

"저희 골든팰리스 호텔 연회장에 파티하러 갑니다!"

"아쉽게도 오시는 분들이 계셔도 입장은 안 될 거예요.
사무국에서 관리하는 거라서…."

한창 선수들이 눈에 띄는 채팅을 골라 소통하는 와중에
유독 꾸준하게 올라오는 질문이 하나 있었다.

[브레이커 은퇴는 일단 결승 진출로 무산. 어찌 되건 이
제 함께 올스타전 투표 경합에 들어갈 텐데 자신 있나요?]

매우 날카로운 질문이었다.

이제 스프링 시즌이 끝나고 다음 섬머 시즌에 돌입하기
전까지 세계 각지 로크 리그의 올스타를 선발해 국제 올스
타전이 열린다.

대한민국 로크 리그 미드라이너 붙박이 올스타는 당연히 지금껏 브레이커 이상현의 독주였다.

이번에 브레이커가 은퇴를 들먹이며 배수의 진을 치는 바람에 만에 하나라도 브레이커가 은퇴하면 그 자리는 자연히 내 것이 될 거라고 전망하는 일이 많았다.

그러나 이상현은 팀을 결승 무대에 올리며 은퇴하지 않아도 되는 상황을 만들었고 올스타전 투표를 통해 나와 선발 대결을 펼치게 되었다.

팀원들도 해당 질문을 읽고 은근히 나를 바라보며 대답을 기다리는 눈치였다.

게임이 아닌 팬들에게 어필된 나의 인기를 제대로 평가받을 수 있는 무대가 바로 올스타전이었다.

역시나 정적이 흐르자 상규가 가장 먼저 입을 열었다.

"여러분 올스타전 투표 시작하면 미드라이너 누구 뽑으실 겁니까? 브레이커? 베놈? 누굽니까?"

질문 하나를 던지자 올라오는 댓글이 다시 배로 늘어났다.

시청자들은 브레이커 파와 베놈 파로 나뉘어 자신이 지지하는 선수의 닉네임을 계속해서 외쳐댔다.

"와아! 박빙인데?"

"이거 자체만으로도 일단 대단한데? 브레이커와 올스타전 투표에서 박빙을 이룰 수 있다고?"

팀원들이 설레발을 쳤지만 나는 개인적으로 심각하게 고민에 빠졌다.

올스타전….

놓치고 싶지 않은 무대였다.

세계무대 경험도 내 꿈의 목록 중 하나였으니까.

어떻게든 이번 올스타전 투표 전에 팬들에게 어필할 방법을 떠올려 표를 모아와야겠다는 생각이 들었다.

23장. 세계 무대

프로게이머
PROGAMER

프로게이머
PROGAMER

23장. 세계 무대

　우리의 우승 기념 파티는 새벽이 깊어 더는 체력이 남아 있지 않을 때까지 계속 이어졌다.

　다행히 팀의 막내 라인이 우리인데 이번 해에 성인이 되면서 모두 음주가 가능한 상태였고 사무국에서 준비해준 파티 음식과 샴페인으로 밤을 지새웠다.

　파티 내내 우리는 선수들의 스마트폰을 돌려가면서 스트리밍 방송을 했고 팬들과 우승의 기쁨을 함께 누렸다.

　솔직하게 번거롭지 않을 수 없는 일이었다.

　편하게 파티를 즐기며 우승의 기쁨을 누리고 싶었지만 선수들은 하나같이 팬들의 도움이 없었다면 우승은 불가능했을 거라 말하며 수고를 마다하지 않았다.

사실은 방송 후원금 수입이 어마어마했기 때문에 열심이었던 면이 없지 않아 있는데 중요한 건 방송을 했다는 것.

그 덕분에 우리 팀에 대한 이미지에 엄청난 도움이 되고 있었다.

우리는 우승 직후 준우승 팀을 챙겨 함께 무대에서 인사를 나누는 한편 밤이 늦도록 팬들과 소통하는 것을 멈추지 않은 덕분에 역대 우승팀 중 가장 우승팀 다운 면모를 보였다는 평가를 받을 수 있었다.

그렇게 우승의 밤이 저물고 다시 날이 밝았을 때.

내가 던진 자그마한 파문이 얼마나 크게 번져 나갔는지 실감할 수 있었다.

[와드 위치에 의미가 숨어있다?]

[당신의 와드 습관은 어떻습니까?]

[아예 와드를 구매하지 않는 티어에서 무용지물]

[상위권 구단 선수들의 사소한 습관 전격 분석!]

[당신은 알고 있습니까? 브레이커 이상현 집중 탐구!]

[우리가 미처 몰랐던 그 때 그 순간!]

[선수들은 실수하지 않았다.]

수십 개의 포털과 커뮤니티 이스포츠 기사란에 수백

개의 기사가 동시에 이름을 올리고 있었다.

자칫 장노철 감독의 전유물이 될 수 있었던 숨겨진 시그널 전략을 만천하에 공개해버린 내 결정이 빛을 발하는 순간이었다.

시즌이 끝나고 준비 기간을 가져야 하는 타이밍에 맞춰 터뜨린 거라 더욱 반응이 거셌다.

이슈가 뚝 끊기는 타이밍에 터진 것이기도 했고 다음 시즌이 시작할 땐 모든 선수들이 전혀 다른 선수가 되어 등장할 것이기에 이슈를 키울수록 언론은 유리했다.

차기 시즌 초반 약팀의 반란이 가능해지면 이슈가 빵빵 터질 것이기에 최대한 힘을 실어주는 것이다.

뿐만이 아니었다.

인터넷 기사를 제외하고 게임방송 채널에도 새로운 영상들이 나오고 있었다.

실제 경기 장면에서 이 비법이 사용된 장면을 골라 해설자들이 설명하는 짧은 영상들은 엄청난 반응을 보여주었다.

분명 이번 일로 하위권 팀들은 빠른 성장을 거둘 것이고 상위권 팀과의 격차는 급격하게 줄어들 것이었다.

말 그대로 혼돈의 다음 시즌이 될 것.

록시 타이거즈나 ST S 같은 팀들은 확실하게 위협을 느낄 것이 분명했다.

반대로 우승 팀인 우리도 그 위험 사정권에 있는 것 아닌가 생각해 보기도 했지만 괜찮았다.

애초에 우리의 주력이 되는 전략도 아니었으며 예정된 패치 목록을 살펴보면 아직은 더욱 승승장구 할 수 있을 것 같았다.

원하는 대로 리그를 혼돈의 폭풍 속으로 빠뜨렸으니 나는 이제 올스타전을 겨냥할 차례였다.

◆

다시 한 번 세계무대의 시간이었다.

각 대륙 별 한 시즌의 리그가 끝나면 다음 시즌 리그가 시작되기 전 세계대회가 열린다.

주로 봄에서 여름으로 넘어갈 때 올스타전이 열리고 가을 시즌에 세계 최대의 로크 축제인 이른바 로크월드컵, 로크 월드 챔피언십 대회가 열린다.

월드 챔피언십은 각 대륙의 서킷 포인트 순위를 측정해 세 개 팀씩 나와 벌이는 토너먼트 대회였다.

이번에 열리는 올스타전은 전 세계 공식 리그에 참여한 모든 구단의 모든 선수를 대상으로 전 세계 팬들이라면 누구나 참여할 수 있는 투표가 진행된다.

그리고 투표로 선정된 올스타가 두 개의 진영으로 나뉘어 여러 가지 게임 모드를 즐기는 축제였다.

주최, 주관을 모두 개발사에서 담당하는 만큼 세계대회의 수준은 부족함이 없었다.

그러나 이번 올스타전을 두고 투표와 선수 선정 방식을 결정해야 하는 위원회는 골머리를 썩고 있었다.

"그래도 흥행을 위해서는 브레이커 이상현 선수가 나오는 게 좋아 보이는데요?"

"그냥 투표로 전환하는 게 낫지 않을까요?"

"방식 변경 가능여부는 사전에 고지했으니 각 대륙 우승팀들도 불만은 없을 겁니다."

위원회 사이에서 문제가 된 것은 한국 리그에서 ST S가 우승하지 못하면서 시작되었다.

시즌 초반만 하더라도 그들의 우승을 의심할 수 없는 상황이었다.

전대미문의 전승우승을 기록한 팀이 아닌가?

그런데 전혀 예상치도 못했던 데뷔 팀이 우승을 하면서 또 하나의 슈퍼스타가 탄생했다.

당초 계획은 작년에 시도했다가 참패했던 대륙 리그 우승 팀을 그대로 올스타전에 출전시키는 것이었다.

팬들은 여러 구단에서 뽑혀온 선수들이 처음으로 손발을 맞추며 한 팀이 되는 모습을 보길 원했지만 경기의 퀄리티는 작년에 시도했던 방법이 훨씬 좋게 나오는 게 사실이었다.

아무래도 컨텐츠의 실패라는 판단 하에 이번 시즌에도 마찬가지로 우승 팀들이 올스타 자격으로 출전해 다양한 게임 모드를 즐기는 방향으로 설정했는데 한국 리그의 우승 팀을 속단한 것이 실책이었다.

"설마…. 그들이 우승하지 못할 거라곤 생각도 못했습니다."

"애초에 우리가 잘못한 일이야. 이건 스포츠라고! 누가 우승해도 이상하지 않다는 말이야."

"그런데 결과적으로 이상하게 되어버렸죠. 팀 데몬이 우승하다니요."

회의 주제는 다시 투표 방식으로 전향해야 하는가를 두고 올스타전 진행 방식을 결정하는 것이었다.

무엇보다 브레이커 이상현의 출전 여부가 흥행에 엄청난 영향을 끼치기에 반드시 거쳐야 하는 과정이었다.

"베놈 권진욱이 그 만한 영향력은 없을까?"

"확신할 수는 없지만 세계적인 인지도 면에서는 아직 역부족일 것 같아요."

"확실히 그런 느낌이 있죠. 한국 한정이라면 막상막하의 인지도를 보여주겠지만 전 세계를 상대로 하면 아직 한참 부족할 것 같습니다."

"흥행에는 확실히 도움이 안 되겠죠."

흥행보증수표 브레이커 이상현을 선택하고 싶지만 우승에

실패했다.

그렇다고 베놈 권진욱을 무시하기에는 한 시즌 동안 보여준 역량이 어마어마해서 인정하지 않을 수 없었다.

미리 우승 할 팀을 내정하고 계획을 짜는 한 번의 실수로 코너에 몰린 지금 역시나 선택권은 팬들에게 넘기는 수밖에 없었다.

한 직원이 그 결정에 대한 당위성을 부여했다.

"어차피 대회 진행 방식이나 선수 선정 방식을 사전에 공지하지 않았으니 지금이라도 투표로 전환하는 게 가장 리스크가 적어 보입니다. 팬들이 직접 뽑아서 베놈 권진욱 선수가 출전한다고 해도 말 그대로 팬들이 직접 뽑은 거니 흥행에 큰 영향을 끼치지는 않을 것 같아요."

옳은 말이지만 고위 간부들의 마음을 돌리기는 힘들었다.

어쨌거나 모험적인 수보다는 안정적인 선택을 하고 싶은 게 그들의 마음이었으니까.

한 간부가 툭 속내를 던졌다.

"하…. 차라리 두 선수를 같이 출전시키면 최상의 선택인데 하필 포지션이 겹친단 말이지."

모두가 공감하는 발언이었지만 방법이 없었다.

이제 와서 포지션 당 두 명의 선수가 출전할 수 있게끔 제한을 풀면 갑자기 예산이 많이 들어가고 일정에 차질이 생길 수밖에 없었다.

많은 선수들이 번갈아 출전하는 것도 흥행에 도움이 되지 않는다.

팬들이 선택한 최고의 선수들이 한 경기라도 더 얼굴을 비추는 것이 좋은 선택이었다.

어쨌거나 오늘 결정을 내려야 준비 기간을 거쳐 본격적인 대회 일정에 돌입할 수 있기에 모두 한 마음 한 뜻으로 표를 던졌다.

"세계적인 인지도의 차이가 그 만큼 벌어져 있다면 투표에서는 분명 베놈 권진욱 선수가 열세에 있습니다. 투표로 가는 편이 맞다고 봅니다."

"준우승 출신의 브레이커 이상현이라도 일단은 괜찮겠죠. 동의합니다."

"투표 일정만 타이트하게 잡으면 지금 틀어도 크게 무리 없습니다. 그렇게 가시죠."

위원회의 의겨이 하나로 통일되어가는 것을 느끼고 실무자가 잠시 머릿속에서 계산기를 두드렸다.

"투표 홈페이지는 재작년에 사용했던 폼이 그대로 있기 때문에 이미지와 텍스트만 변경하면 됩니다. 시간이 생각보다 촉박하지는 않습니다."

"투표로 갑자기 틀어도 대회, 진행에는 문제가 없다는 거지?"

"그렇습니다."

결정되었다.

그렇게 올해 올스타전은 다시 투표 방식으로의 회귀였다.

한 간부가 결정된 것을 보고는 쓴 입맛을 다시며 말했다.

"내일 다음 시즌 지역 리그 정책 발표하고 홈페이지 정비한 다음에 모레 투표일정 발표하는 걸로 마무리. 오케이?"

"네."

지역 리그 정책이란 소문으로만 돌던 다음 시즌 구단별 1개의 팀만 출전하는 풀 리그 방식으로의 변경을 뜻했다.

10명의 선수를 운용하기 쉽지 않은 전 세계의 하위권 팀들을 위한 대책 중 하나였다.

그렇게 결정된 스케줄에 따라 모두가 바쁘게 움직였다.

정비의 시간을 갖고 충분한 준비를 마친 후에 단계별로 일을 진행했다.

1개 구단 1개 팀 정책이 발표되자 한바탕 온라인이 뒤집어졌다.

정책이 발표되자 역시나 북미 리그와 중국 리그의 거대 기업에서 한국 선수들을 영입하려는 머니 러쉬를 시작했다.

선수단 축소 정책과 맞물리며 넘쳐서 주체할 수 없는 돈을 최고의 선수에게 몰아서 던지는 흔한 일이었다.

진행위는 정신없이 선수들의 이동에 대해 정보를 수집했다.

아무래도 올스타전 투표를 앞두고 있는 상황이기에 선수 소속이 변경되면 즉시 반영을 해주는 편이 좋았다.

투표는 이전 시즌 소속 팀을 기준으로 펼쳐지겠지만 그 사이 소속이 변경되면 선발된 선수에 한해 항공기와 숙박 등 일정조율이 필요했기 때문이다.

역시나 예상했던 것처럼 한국 리그에서 상위권에 머무른 구단 선수들이 대거 이탈했다.

일단 구단 규모 축소로 주전 자리를 잃은 선수들이 해외로 진출을 노리고 있었던데다가 세계 최고라고 평가 받는 이들은 죄다 한국에 있었으니 해외의 거부들이 지켜보기만 할 리가 없었다.

언론에서는 스타급 플레이어에게 들어간 오더만 다루고 있었으나 진행위 휴민트를 통한 세세한 이적 제안 정보가 실시간으로 들어왔다.

그런데 올스타전 투표 일정 발표를 하루 앞두고 갑작스러운 긴급 회의가 소집되었다.

"무슨일입니까?"

급하게 회의실에 모인 직원들은 아직 상황 파악이 제대로 되지 않은 듯 심각한 얼굴이었다.

긴급 회의를 소집한 간부는 폭탄 발언을 터뜨렸다.

"자세한 설명은 나중에 하기로 하고. 전 세계 이적시장 동향 파악해서 투표 발표 직전까지 반영하는 일에 시간이 얼마나 필요한가?"

쉽지 않은 일이었다.

팀을 옮기는 선수들을 지난 시즌 소속과 상관없이 새로운 소속팀에서 투표 받을 수 있게 바꾸라는 말이었는데 오늘 하루에만 이적 확정이 발표된 선수가 40명이 넘어간다.

그래도 그렇게 해야 하는 이유가 있어서 해야 한다면?

"10시간 정도 필요합니다."

"발표 전에 여유는 있구만."

"그렇습니다만…."

"그럼 이적정보, 포지션 변경 정보까지 전부 반영하도록 하지."

"도대체 무슨 일로…?"

실무자들은 이번 결정이 실현되면 손발이 고생할 게 뻔하기에 정확한 이유가 듣고 싶었다.

도대체 무슨 이유로 그런 고생을 사서 해야 한다는 말인가?

간부는 그런 실무자들에게 씩 웃으며 말했다.

"어쩌면 브레이커와 베놈이 올스타전에 함께 출전할 수 있겠어."

두 선수의 동반 출전 가능성이 생겼다는 것 자체로 그 수고가 아깝지 않은 일이었다.

도대체 어떻게 가능한 것인지 궁금해 하는 실무자들에게 자세한 설명이 이어졌다.

핵심은 간단했다.

"그러니까…. 베놈 권진욱 선수가 포지션 변경을 신청했다는 말씀이신 거죠?"

"아니…. 고작 한 시즌 활동 하고 포지션 변경이라고요?"

"고작 한 시즌 동안 무려 몇 시즌을 전전긍긍하는 다른 선수들보다 뛰어난 업적을 이뤘으니까."

"그, 그래서…. 어떤 포지션으로 변경이 된 거죠?"

충격적인 소식을 접한 이들이 가장 궁금한 부분이었다.

언제나 슈퍼스타는 미드라인에서 탄생했다.

팀의 에이스이자 확실한 캐리력을 뽐내는 중요 포지션이다 보니 다른 라인에 비해 훨씬 더 집중 조명을 받는 곳이바로 미드라인인 것이다.

물론, 개발사 차원에서 패치 방향을 다른 라인으로 분산시켜 더 많은 라인에서 더 많은 슈퍼스타가 탄생하도록 만들기 위한 노력을 아끼지 않고 있었는데 마침 그 타이밍과 맞물리니 공교로웠다.

그리고 이어지는 간부의 대답은 충격적이었다.

"베놈 권진욱은 올 라운더 포지션의 등록을 정식으로 신청했다. 어느 한 라인에 머무르지 않겠다는 뜻이야."

실무자들의 머리가 복잡하게 돌아갔다.

올 라운더 포지션에 대한 이야기는 이전에도 종종 나온 이슈이기에 검토 과정에 있었다.

선수들은 기본적으로 한 가지 포지션에 이름을 등록하고 언제든지 포지션 변경을 신청할 수 있다는 것이 현재의 규정이었다.

당장 오늘 경기에 탑 라이너로 출전하고 싶다면 하루 전인 어제까지 포지션 변경 신청서를 협회에 제출했어야 한다는 말이다.

반대로 당장 내일 경기에 정글러로 출전하고 싶으면 오늘이 지나기 전 언제라도 신청서만 보내면 된다.

대신 정글러로 포지션을 신청한 해당 경기에서는 정글러 이외에 다른 포지션으로 출전할 수 없었다.

이런 번거로움 때문에 매 경기 다른 포지션에서 플레이하길 원하는 선수들이 종종 올 라운더 포지션에 대한 이야기를 꺼내왔다.

특히 다른 게임 리그에는 랜덤이라거나 올 라운더라는

포지션이 엄연하게 공식 리그에 등장하기도 하기에 결코 무시할 수 없는 제안이었다.

그러나 아직 이 포지션의 정식 채용을 결정도 안 한 시점인데 이런 식으로 간부가 이야기를 꺼낸다는 것은 보지 않아도 알 수 있는 이유였다.

"어차피 오래 전부터 이슈가 되었던 구단 측 제안들이지 않나? 이 기회에 정식으로 채용하지. 우리가 바라는 빠른 게임과 여러 슈퍼스타의 탄생을 직, 간접적으로 도울 수 있는 적당한 양념이 될 거야."

결국에는 이렇게 되었다.

베놈이라는 걸출한 특급혜성과 브레이커라는 불변의 최강자가 한 시대에 등장함으로 많은 것들이 바뀌게 되는 것이다.

어차피 간부들이 결정한 일이라면 따라야했다.

실무자들 중 하나가 질문했다.

"올 라운더 포지션 추가 공지부터 하고 모든 구단 선수들 중 포지션 변경 희망자를 먼저 받은 다음 투표 목록에 올 라운더 포지션을 추가해야겠죠? 시간이 촉박한데 괜찮을까요?"

아무리 베놈 권진욱을 위한 특혜라지만 그것을 노골적으로 공표할 수는 없는 법이라 전 세계의 모든 구단 선수들에게 공정한 기회를 줘야했다.

간부가 지시했다.

"지금 당장 공문을 각 구단에 돌리고 투표 개시를 이틀 뒤로 미룬다. 포지션 변경 신청은 그때까지 취합해서 결정하도록 해. 포지션 하나 추가되는 것뿐이라 대회 일정에도 영향은 크지 않을 거야."

"알겠습니다."

원래라면 한참 늦었어야 할 메타의 흐름도 권진욱의 등장으로 엄청나게 당겨졌다.

이제는 그 권진욱 때문에 로크라는 게임 자체의 판도가 완전히 뒤흔들리고 있었다.

◆

모든 것이 순조로웠다.

애초에 이번 시즌 두 개 팀을 운용하던 리그가 한 개 팀으로 축소된다는 건 알고 있었다.

관계자들 사이에서도 소문이 돌던 이야기라 시즌 중 선수들끼리 암암리에 커뮤니케이션이 자주 오갔다.

우리 구단은 팀 엔젤과 팀 데몬이 다시 피닉스 스톰으로 뭉쳐지면서 선수단에 큰 변화가 있었다.

먼저 맏형 라인을 이루던 세 선수가 각자의 길을 선택했다.

탑 라이너 남진호는 급격하게 변하는 메타에 적응하지 못하며 탱커의 역할이 줄어드는 것을 실감하고 박수 칠 때 떠나겠다는 생각으로 은퇴를 준비 중이었다.

마찬가지의 성향을 보이는 팀 데몬의 기둥이었던 도경민도 비슷한 생각을 갖고 있었다.

팀 엔젤의 미드라이너였던 변우민은 어차피 팀이 하나로 합쳐진다면 미드라인에서 자신의 자리가 없을 거라며 중국으로의 이적을 선택했다.

이미 세 개의 중국 구단에서 제의가 들어왔고 차 감독과 송 매니저의 도움으로 계약 조건을 조율 중이었다.

마지막으로 팀의 주장이자 유능한 서포터였던 김영빈 역시 선수 경력의 막바지에 다다르는 나이를 감안해서 해외로 진출해 고액 연봉을 노리고 있었다.

그 와중에 라인이 겹치는 원딜과 정글러 포지션에는 아직 잡음이 있었다.

팀 엔젤에서 발굴해 고작 반 시즌이지만 큰 재능을 보여주고 인정받은 땅콩갓 퀸호는 이미 유럽 팀과 계약을 마무리 짓고 출국 준비 중이었다.

남은 정글러는 단 두 명.

누가 봐도 안상규의 정글러 선발 기용이 예상되는 시점이라 민찬영은 자신의 거취를 두고 깊게 고민하겠다고 했고 장시우와 박명건은 특유의 묻어가는 성격 덕분인지 팀에 남게 될 서포터 정남규와의 케미가 더 나은 선수에게 기회를 양보하겠다는 입장이었다.

정리하자면 피닉스 스톰으로 활동하게 될 차기 시즌 엔트리는 7인 체제였다.

피닉스 스톰
탑 - 강영식
정글 - 안상규, 민찬영, 한왕호
미드 - 권진욱
원딜 - 장시우, 박명건
서포터 - 정남규

그러나 나는 이미 민찬영의 깊은 고민 끝에는 해외리그 진출의 길이 있을 거란 사실을 짐작하고 있었다.

그만큼 안상규가 한 시즌 만에 이룩한 임팩트 있는 활약이 대단했던 탓이다.

민찬영의 나이도 프로게이머로 따지면 이미 중반을 넘어서는 시점이라 서브 멤버로 만족하기에는 아쉬운 면이 있었고 원조 피닉스 스톰 붙박이 주전이었던 것을 생각하면 자존심이 쉽게 허락하지도 않을 것이 분명했다.

내 예상대로 민찬영이 이적을 선택하면 리그 규정에 의거해 최소로 유지해야 하는 6인 로스터가 되는데 그대로 차기 시즌을 진행하기에는 무리가 있어 보였다.

공격적인 성향의 탑 라이너 하나, 무난하지만 캐리력을 보유한 비슷한 성향의 원딜러 둘.

전략적으로 다양성이 제한되는 구성이었다.

그래서 내가 선택한 것은 포지션 변경이었다.

'그러니까…. 나보고 미드라인으로 포지션을 전향하라는 말이야?'

'네, 시우 형은 안정적인 파밍 능력도 있어서 미드라이너로서 손색없어요. 남규랑 호흡은 명건이 형이 더 많이 맞춰보기도 했고요.'

'어차피 미드라이너가 되어도 너의 서브 멤버라는 건 변하지 않는 사실 아닌가?'

'저도 포지션을 변경할 거거든요.'

그렇게 탄생한 것이 나의 올 라운더 포지션으로의 전향이었다.

애초에 올스타전 투표에서 표를 끌어오기 위한 전략이기도 했고 더불어 팀의 전략적인 카드를 무한하게 생산해낼 수 있는 방법이기도 했다.

피닉스 스톰
탑 - 강영식
정글 - 안상규

미드 – 장시우
원딜 – 박명건
서포터 – 정남규
올 라운더 – 권진욱

정확하게 6명의 최소 유지 로스터 제한도 맞출 수 있으며 나는 언제든 그 어떤 포지션으로든 출전하면서 전략적인 카드를 계속 꺼낼 수 있게 된다.

올스타전 투표로 가더라도 미드라이너에서 전향하거나 타 구단으로 이적할 리가 없는 브레이커 이상현과 직접적인 표 싸움을 피할 수 있기에 출전 가능성이 높아진다.

모든 것은 개발사와 협회 측에서 올 라운더 포지션의 추가를 인정해줘야만 가능한 일이었다.

그러나 내가 과감하게 이 모든 일을 진행할 수 있었던 것은 올 라운더 포지션의 추가를 적절한 타이밍에 제시하면 결정할 수밖에 없을 거라는 확신이 있었기 때문이다.

과거의 경험에 비추어 보자면 경쟁 게임의 등장이 예고된 지금 시점이 개발사 측 간부들이 가장 예민하게 날이 선 시기이자 흥행에 목을 매는 시기라는 걸 알 수 있었다.

똑같은 AOS 장르의 게임으로 개발사의 모든 역대 게임의 히어로를 등장시키는 '히어로즈 오브 더 블리자드' 나 역시 같은 개발사에서 출시 예정인 FPS 게임 '언더워치' 등 강력한 경쟁작 출시가 예고되어 있기에 지금 아니면 기회가 없었다.

어쨌거나 나의 예상은 정확하게 적중했고 올 라운더 포지션의 공식적인 도입이 공지되었다.

이제 많은 팀에서 올 라운더 플레이어가 등장할 것이고 훨씬 더 전략적인 밴픽 구도가 형성되는 것은 물론, 훨씬 더 여러 가지의 메타가 빠르게 오갈 것이었다.

이미 다음 시즌 혼돈을 예상하고 있었던 관계자들과 팬들은 올 라운더 포지션의 도입 소식이 알려지자마자 역대급 시즌이 다가온다는 기대감을 표출했다.

그와 동시에 나는 공식적인 첫 번째 올 라운더 플레이어 포지션을 달게 된 선수가 되었다.

◆

전 세계 모든 리그의 모든 구단 선수들을 상대로 이루어지는 올스타전 투표.

여러 제도의 변경 이후 진행된 올스타전 투표는 삽시간에 방대한 표를 끌어 모으며 실시간으로 스코어를 제공했다.

역시나 세계인의 관심사는 대한민국 로크 리그에 집중되어 있었다.

이번 올스타전 득표 경쟁에서 다시 한 번 베놈과 브레이커의 맞대결을 예상했던 언론들의 기사는 무색하게 빛을 잃었지만 또 다른 관심사가 있었다.

바로 베놈 권진욱과 브레이커 이상현이 한 팀을 이루어 경기를 펼칠 수 있는 환경이 만들어진 것에 대한 기대감이었다.

[미스터 큐 정글에 브레이커 미드 베놈 탑 라인이면 바텀 듀오 자리에 침팬지가 앉아서 게임해도 이기는 거 아니냐?]

[침팬지면 다행이지 호돌이 인형 앉혀놔도 이길 판.]

[올스타전 우승은 이미 정해진 것 같은데 ㅋㅋㅋㅋ]

[한 포지션 당 한 표만 행사해야 하는데 이렇게 답정너 시즌은 또 처음이네.]

[하기야 탑 라인에서 캐리력이 필요한 메타가 슬슬 시작되고 있으니 권진욱이 올라가도 꽤 괜찮을 듯.]

[윗 님. 그 탑 라인 캐리 메타도 권진욱이 슬슬 조장하던 거임. 탑 라인에 힘 실어주는 것만 봐도 얼마나 중요한 포지션으로 생각하는지 티가 남.]

팬들은 엄청난 반응을 보여주면서 자신의 투표권을 행사했다.

해외 팬들 사이에서는 여러 가지 분위기가 형성되고 있었다.

무조건 브레이커와 베놈을 같이 한 무대에서 볼 수 있다면 그들을 밀어줘야 한다는 부류와 그들의 출전을 방해하기 위해 일부러 다른 선수에게 투표해 자신이 응원하는 지역 팀이 우승하기 수월하게 만들려는 전략적 부류가 있었다.

실제로 몇 번이나 문제가 되었던 것으로 전 세계인을 상대로 투표하게 되면 상대적으로 숫자가 적은 지역의 선수들은 인구가 많은 지역의 전략적인 투표에 피해를 볼 수 있는 구조이기에 지난 시즌 우승 팀을 출전시키는 모험 수가 나왔던 것이다.

그러나 이번 시즌은 걱정할 필요가 없었던 듯 보였다.

본인이 응원하는 지역의 우승보다도 베놈과 브레이커의 협력 플레이를 보고 싶은 열망이 훨씬 컸던 덕에 미드라인 포지션과 올 라운더 포지션의 득표율 1위는 브레이커 이상현과 베놈 권진욱이었다.

두 선수는 모두 90% 이상의 점유율을 보이며 압도적인 1위를 달리고 있었다.

매일 새로운 이슈가 계속해서 터져 나온다.

흥행에 목마른 개발사는 물론이고 이 게임계의 이슈를 업으로 삼는 게임뉴스 기자들에게도 살맛나는 나날이었다.

혼돈에 빠진 차기 시즌 약팀들의 반전 예고.

이적시장의 시작으로 새롭게 정비된 세계 여러 구단 뉴스.

각 구단에서 새롭게 추가 된 올 라운더 포지션으로 이동한 선수들과 그에 맞춰 영입이나 승격된 선수들에 대한 인터뷰.

새 정책에 맞추어 새 포지션이 추가된 채 치러지고 있는 올스타전 투표의 경이적인 득표율.

이런 이슈들의 화학작용으로 성사될 것이 거의 확정적인 대한민국 올스타 팀의 이상현, 권진욱, 안상규의 동반 출전.

이 모든 뉴스와 이슈의 주체는 리그, 개발사, 협회였지만 변화의 파문을 던진 것은 권진욱이었다.

적절한 시기에 적절한 주제를 적절한 경로로 터뜨리는 교묘한 수법을 이용해 이 모든 것을 이루어 내었다.

그 누구도 이 모든 변화의 바람이 권진욱에게서 시작했음을 알지는 못했다.

그저 기계적인 움직임으로 생산되는 이슈와 뉴스를 배포하고 이미 배포된 사실을 재배포하는 것으로 어김없이 찾아오는 하루, 하루를 보냈다.

해외리그의 게임 팬들은 하루 빨리 한국의 슈퍼스타
세 명이 한 팀이 되어 경기를 펼치는 모습을 보고싶어 했
다.

그 열망이 그대로 한국 리그 선수들에 대한 득표율에
서 보여 지고 있었는데 미드 라인과 올 라운더 포지션만
독주 체제를 달리고 있었고 다른 포지션은 혼전 양상이었
다.

현재 1위를 차지한 각 포지션의 선수들은 역시나 이미
스타 반열에 오른 이들이었다.

대한민국 올스타

탑 – 샤이가이 박상민 (CEJ 엔투스)

정글 – 린섹 차인석 (KTa 롤스터)

미드 – 브레이커 이상현 (ST T1)

원딜 – 프레이어 임종인 (록시 타이거즈)

서포터 – 매드라이트 홍만기 (CEJ 엔투스)

올 라운더 – 베놈 권진욱 (피닉스 스톰)

탑 라인은 엄청나게 치열했다.

현재는 샤이가이 박상민이 1위를 차지하고 있지만 2위 플
레인 기호종이나 3위 맥아이 윤하윤까지 순위 사이 표차가

겨우 1%밖에 나지 않아 언제든 뒤집힐 수 있었다.

정글 포지션은 수도승의 아버지가 된 슈퍼스타 차인석의 독주를 3%차이로 맹렬히 추격하고 있는 신인 안상규의 저력이 돋보이는 중이었으며 원딜 라인은 임종인과 최강진의 대결구도로 좁혀들고 있었다.

미드, 올 라운더 포지션을 제외하면 이변이 없는 한 압도적인 표 차이로 출전을 확정짓게 될 매드라이트 홍만기까지 어느 정도 구색이 잡힌 상황이었다.

대부분 예상이 되었던 구도인데 예상을 벗어나는 것이 있다면 올 라운더 포지션의 추가와 안상규의 엄청난 선전이었다.

이미 확고하게 정글러의 스타플레이어로 자리 잡은 차인석을 단 3%표 차이로 추격하고 있다는 것 자체가 갓 데뷔한 안상규의 스타성을 보여주는 지표였다.

치열한 접전이 펼쳐지는 탑, 정글, 원딜 라인의 출전 가능성이 있는 선수들이 올스타전 출전을 위한 자기 어필을 시작한 것이 바로 이 즈음 부터였다.

◆

어떤 방법으로 도와도 출전 가능성이 없는 선수들은 어쩔 수 없었다.

득표율 차이가 초반부터 너무 벌어져 있었고 경쟁 선수들도 너무 쟁쟁했다. 차라리 올스타전 기간 동안 새로운 시즌을 준비하며 스트리밍 방송에 주력하는 것이 발전적이었다.

이런 상황에 그나마 가능성이 있는 것은 차인석을 3%표 차이로 추격 중인 상규였다.

일단 올스타전 출전이 상규나 나에게 주는 의미는 다른 스타플레이어들과 다르게 매우 특별했다.

일단은 세계무대에 걸맞는 출전료와 상금이 무시할 수 없는 수준이었다.

하지만 가장 큰 효과는 PR 효과였다.

데뷔 시즌에 세계무대에 나서 전 세계의 로크 팬들을 상대로 나를 알릴 수 있는 기회가 되는 것이다.

스타라는 이름이 붙을 수 있는 직업이라면 인지도는 매우 큰 무기가 된다.

예를 들어 세계무대 출전경력은 또 하나의 이력이 되어 차기 시즌 연봉협상이나 다른 구단 이적료와 연봉협상에서도 유리한 조건으로 작용할 것이었다.

이 좋은 조건들을 그냥 3% 차이에 실어서 떠나보내기에는 너무나도 아쉬운 상황.

상규와 함께 해외로 나아가 세계무대를 경험하고자 몇 가지를 제안했다.

"스트리밍 방송으로 어그로를 먼저 끌어보자."

"굳이 적을 만들 필요는 없잖아?"

"적당한 어그로는 괜찮아. 그리고 실력으로 증명하면 잡음도 줄어들 거야."

"어떤 식으로?"

아주 간단한 제안이었다.

바로 오후 시간에 이어진 상규의 개인 스트리밍 방송.

수많은 해외 팬들이 지켜보는 가운데 상규가 발언했다.

"여러분, 올스타전 투표 이야기 좀 그만 하세요. 저는 출전 못해도 상관없습니다."

굉장히 상관이 있는 투로 이야기 하는데 집요한 팬들이 가만히 둘 리가 없었다.

[ㅋㅋㅋㅋㅋㅋㅋㅋㅋㅋㅋㅋㅋ아직 너에게 그 무대는 이르다!]

[린섹이 해외 인지도가 어마어마하죠. 힘내세요.]

[그래도 3% 차이면 데뷔시즌 치고 엄청 선방 아님?]

[해외 팬들한테 조금만 어필 되면 상규선수가 출전할 수 있을 텐데 아쉬워]

[올스타전 못나갈 것 같아서 불안함?]

[표 차이가 왜 저렇게 나는 거 같아요?]

[짠하다 짠해 ㅋㅋㅋㅋㅋㅋㅋㅋㅋㅋㅋㅋㅋㅋㅋㅋㅋ]

[응 못나가ㅋㅋㅋㅋㅋㅋㅋㅋㅋㅋㅋㅋㅋㅋㅋㅋㅋㅋㅋㅋ
ㅋㅋㅋㅋㅋㅋㅋㅋㅋㅋㅋㅋㅋㅋㅋㅋㅋㅋㅋㅋㅋㅋㅋㅋ]

비아냥과 안타까움이 뒤섞인 채팅창 사이, 사이에는 해
외 팬들이 보내는 채팅도 다수 섞여 있었다.

상규가 어느 정도 타이밍을 잡더니 준비한 멘트를 쏟아
냈다.

"솔직히 제가 나가면 한국 팀이 너무 세지는 거 아시잖
아요? 그걸 아니까 해외 팬들도 본인이 응원하는 나라에서
우승 못할 까봐 다른 선수에게 표 몰아주는 거죠."

자칫 오만하게 보일 수 있는 발언이었다. 하지만 평소 자
신감 넘치는 인터뷰로 많은 화제를 이끌었던 상규의 성격
과 어울리는 면이 있었다.

해외 팬들의 치사한 수법과 린섹보다 본인이 뛰어나다는
것을 은근히 꼬집는 멘트는 어그로를 충분하게 끌어 모을
수 있는 발언이기도 했다.

역시나 성공적이었는지 채팅창이 엄청나게 폭주하기 시
작했다.

한국 팬들 중 대다수는 린섹과 상규의 네임밸류를 놓고
공격적인 채팅을 쏟아냈고 뒤늦게 번역된 발언을 이해한
각국의 해외 팬들도 브레이커, 베놈, 미스터 큐 3인조가

나와도 본인들의 나라는 충분히 이길 수 있다며 발끈했다.

공격적인 채팅이 엄청난 속도로 올라갈수록 확실하게 어그로가 끌렸다는 반증이었다.

이제 남은 것은 그 어떤 발언에도 흔들리지 않고 지금의 스탠스를 유지한 채 방송을 마치는 것이다.

괜히 발끈하며 방송을 종료해 버리면 부정적인 이미지로 인식될 수밖에 없었다.

상규는 훌륭한 멘탈을 지닌 덕분에 전혀 흔들리지 않고 계속해서 본인의 플레이에 자신감을 표출하며 방송을 마쳤다.

그래도 실시간으로 공격받는 것을 고스란히 맞아가며 참는 것은 조금 부담스러웠는지 방송이 종료되자마자 내게 달려와 하소연을 늘어놓았다.

"하아…. 괜히 내 이미지 말아먹으면 진짜 너 가만히 안 둘 거야. 알지?"

"쉰 소리 그만하고 오늘은 쉬어. 내일부터 해외 커뮤니티에도 이 일이 화제가 될 거야 발끈하는 해외 팬들은 더 많은 테고 이슈가 될수록 인터뷰 요청도 잦아질 거야. 너에게 표를 던지지 않는 해외 팬들은 모조리 겁쟁이라는 발언을 굽히지 말고 나가. 투표가 끝나려면 3일이나 남았어."

"알겠어."

애당초 일주일로 계획되었을 투표 기간은 나의 올 라운더 포지션 추가 요청이 받아들여지며 5일로 변경되었을 것이다.

투표 시작 후 이틀이 지난 이 시점에 3% 포인트 차이라면 남은 3일 동안 충분히 역전할 수 있었다.

♦

미스터 큐 안상규의 도발이 있고 이튿날.

애초에 권진욱이 예상했던 것보다 반응은 훨씬 격하게 일어나기 시작했다.

해외리그 팬들 중 특히나 인원이 가장 많은 북미, 중국 지역의 팬들이 각 커뮤니티에서 엄청난 반발을 보여주기 시작한 것이다.

이런 반응이 일어난 것은 안상규의 돌발행동이 있었기에 벌어지게 되었다.

새벽 무렵 이미지 걱정에 잠이 오지 않았던 안상규가 일찌감치 일어나 짬을 내서는 스트리밍 방송을 켰고 알림을 받고 들어온 시청자들과 대화를 나누다가 돌발발언을 내뱉었다.

'자꾸 도발하시는데…. 그럼 여러분 저랑 내기하실래요?'

내기라는 자극적인 소재가 온라인에서 먹혀들지 않을 리가 없었다.

프로게이머의 승부근성으로 말 그대로 승부를 걸게 된 안상규의 조건은 파격적이었다.

'궁금하시면 저를 올스타전에 보내주세요. 제가 거기에서 포지션 MVP 따고 올게요. 그 정도면 인정합니까? 만약에 MVP 실패하면 여러분이 하라는 대로 할게요.'

개인 스트리머들이 가장 자극적으로 사용하지만 그 누구도 하고 싶어 하지 않는 컨텐츠 중 하나가 바로 '시키면 한다'인 것을 모를 리 없었다.

팬들이 좋아하는 컨텐츠다 보니 엄청난 아이디어가 쏟아져 나왔다.

여러 개의 아이디어가 하나로 뭉쳐져 설정된 안상규의 벌칙은 끔찍한 수준이었다.

[귀국과 동시에 스트리밍 방송으로 자체 삭발과 눈썹 밀기 생중계]

'이게 말이 됩니까?'

팬들의 압도적인 선택으로 설정된 벌칙은 굴욕적일 뿐만 아니라 머리카락과 눈썹이 다시 자랄 때까지 공식 석상에 그 몰골을 하고 나타나야 한다는 지속적인 면도 있는 것이었다.

세계무대로 가는데 그 정도는 감수 해야 한다는 팬들의 도발이 이어지고 안상규는 콜을 외치고 말았다.

그렇게 팬들과 안상규 사이의 재미있는 내기가 시작되었고 자존심 싸움을 벌이게 된 해외 팬들은 조직적으로 안상규에게 표를 던지기 시작했다.

그의 머리카락, 눈썹 삭발 공약이 얼마나 보고 싶었으면 아직 표를 행사하지 않은 팬들의 표가 일시에 움직일 정도였다.

일어나자마자 이 사태를 확인한 권진욱은 도저히 못 말리는 놈이라며 안상규를 보고 끌끌 웃었다.

웃을 수밖에 없지 않은가?

전 세계 최고의 플레이어들을 모아두고 그 안에서 포지션 MVP를 선정하는데 안상규에게는 충분히 그럴 역량이 있었다.

그리고 결과적으로 단 반나절 만에 2% 포인트를 극복하고 린섹 차인석을 1% 포인트 차이로 따라붙는 성과를 보였으니 나쁘지 않았다.

이왕 이렇게 된 거 더 막 나가보자는 권진욱의 제안을 받고 안상규는 완전히 스트리밍 방송을 하루 종일 켜둔 채 고삐를 풀어 던졌다.

그리고 투표 종료를 하루 앞 둔 시점.

린섹 차인석을 오히려 역전해 2% 포인트 앞서나가기 시작하며 안상규의 올스타전 출전도 거의 확정적인 상태에 이르렀다.

또 한 번의 반전이 찾아올까?

많은 이들이 흥미진진하게 득표율을 마지막까지 지켜보았으나 이미 표를 행사할만한 팬들은 죄다 기한에 맞춰 등장한 터라 극적인 반전은 없었다.

대한민국 올스타

탑 – 샤이가이 박상민 (CEJ 엔투스)

정글 – 미스터 큐 안상규 (피닉스 스톰)

미드 – 브레이커 이상현 (ST T1)

원딜 – 비글 최강진 (ST T1)

서포터 – 매드라이트 홍만기 (CEJ 엔투스)

올 라운더 – 베놈 권진욱 (피닉스 스톰)

ST T1, CJE 엔투스, 피닉스 스톰.

각 팀에서 두 명씩 선발된 선수들은 투표가 끝나면서 출전이 확정되었고 일정을 전달받은 뒤 올스타전이 벌어지는 미국으로 향하기 위해 공항에 모였다.

본래 올스타전 선수들을 지휘하게 되는 감독, 코치는 그 시즌 해당리그 우승 구단의 우승을 이끈 코칭스태프가 담당하는 것으로 되어 있었다.

그러나 내가 코치를 겸임하던 팀 데몬이 우승하고 난 탓에 차 감독 1인 체제로 타 구단 선수들까지 챙기며 해외 스케줄을 모두 처리하는 데에는 무리가 있었다.

그렇다고 세계무대에서까지, 다른 구단 선수들에게까지 내 코칭이 필요하지도 않았다.

이왕 상황이 이렇게 되자 주최 측에서는 한 명의 코치를 요청해서 데려갈 수 있도록 조치를 취해 주었고 나와 차 감독의 요청은 록시 타이거즈의 장노철 감독에게 들어갔다.

차 감독이 올스타 팀의 감독으로, 장노철 감독이 전담 코치로 코칭스태프를 꾸린 것이다.

장노철 감독은 흔쾌히 수락해 주었고 대망의 올스타팀 출국 일정 일에 모두 공항에서 만날 수 있었다.

차 감독과 내가 가장 먼저 도착해 있었고 곧바로 장노철 감독이 합류했다.

장노철 감독과는 이번 생에 첫 번째 대면이었다.

이전 생에서 내가 10시즌이 훌쩍 넘도록 모셨던 감독이었다.

나이 차이가 크게 났던 것은 아니지만 큰 형처럼 나를 잘 챙겨 주었었고 결국에는 코치로서 꽤 성공적인 삶은 살게 도와주었다.

가만 보니 차 감독은 내게 게이머가 아닌 게임계의 새로운 역할에 눈을 뜰 수 있게 도와주었던 장본인이고 장노철 감독은 그런 나를 실질적으로 이끌어준 이었다.

두 은인을 새로운 생에서 만나게 된 이 순간이 그토록 그리던 내 선수의 꿈을 걷는 여정 가운데 첫 번째 세계무대라는 점이 새삼 특별하게 느껴졌다.

장노철 감독이 차 감독에게 꾸벅 허리를 숙여 인사했다.

"불러주셔서 감사합니다. 감독님."

"아니야. 어엿하게 감독으로 데뷔 했는데 코치로 부를 수밖에 없어서 미안했어. 규정 상 감독으로는 내가 가야 한다고 하더군. 시즌 내내 한 것도 아무것도 없는데 말이야."

두 감독이 그렇게 인사를 주고받은 다음 장노철 감독은 나를 보고 싱긋 웃었다.

"설마 그걸 다 파악하고 있었을 줄이야. 우승 축하해요."

"감사합니다. 감독님."

그 외에 그 어떤 질문이나 질책도 없었다.

장노철 감독은 깔끔하게 본인의 전략이 읽혔고 밝혀졌음을 인정하는 듯 보였다.

나도 구태여 여러 말을 덧붙이지 않았다.

깔끔한 첫인상인가?

아니었다.

아마 그도 그렇겠지만 나는 그의 눈빛에서 어떤 의도를 읽을 수 있었다.

흔쾌히 이번 여정에 함께 하는 것을 승낙한 이유가 눈에 보였다.

함께 지내보며 나를 조금 더 파악하겠다는 거겠지.

쉽게 풀어 설명하자면 다음 시즌 록시 타이거즈의 비상을 위해 경계대상인 나를 관찰하러 왔다는 말이었다.

의도를 읽었지만 딱히 걱정되지는 않았다.

나 역시 마찬가지였으니까.

애초에 차 감독에게 지명자로 팀 엔젤을 잘 이끌어준 장 코치가 아닌 장노철 감독을 요청한 건 두 가지 의미가 있었다.

첫 번째로 장 코치는 이적을 앞둔 구단 선수들 케어를 위해 남을 수밖에 없는 상황이었다.

두 번째가 바로 나 역시 장노철 감독에 대한 정보가 필요했다.

그저 성향이 비슷하고 전혀 예상치 못한 부분에서 정보를 가져오며 기상천외한 전략을 사용한다는 것 정도를 알고 있는 지금 수준으로는 10패의 성적을 안고 시작한 록시 타이거즈가 아니라 동일 선상에서 출발하는 록시 타이거즈를 쉽게 막아낼 수 없을 것 같았다.

적과의 동침이 바로 이런 것인가.

곧 시즌 종료 후 여권과 챙겨야 할 짐 때문에 본가에 들렀다가 합류한 상규가 공항에 모습을 드러냈다.

공항에는 프로게이머지만 세계적인 스타인 올스타전 멤버를 보기위한 팬들이 다수 나와 있었다.

다행스럽게도 협회에서 나온 직원들이 안전하고 신속하게 팬들을 지나쳐 올 수 있도록 라인을 잡아 주었기에 무리 없이 합류할 수 있었다.

"안녕하세요. 반갑습니다. 오, 장노철 감독님 안녕하세요. 진욱아 형 왔다! 가자 MVP 먹으러! 그거 못 따면 내 인생 망하는 거야. 눈썹까지 삭발이라고."

정신없이 여기저기 인사를 전하며 본인 특유의 경망스러움을 한껏 뽐낸 상규가 털썩 짐을 놓으며 내 옆으로 다가섰다.

여전히 가이드라인 밖의 기자들이 카메라 셔터를 눌러댔고 상규는 내 손까지 잡은 채 카메라를 보며 포즈를 취했다.

연이어 각자 구단의 차량을 이용해 ST T1의 브레이커 이상현, 비글 최강진과 CEJ 엔투스의 샤이가이 박상민, 매드라이트 홍만기가 도착했다.

우리 선수들은 경기 일정에 따라 백 스테이지에서 마주

치는 일이 잦았고 그게 아니더라도 온라인에서 서로의 연습을 도우며 솔로 랭크 게임에서 만나거나 때로는 팀 단위 스크림 훈련을 하기도 하기에 제법 친분이 있었다.

한 자리에 모인 선수들은 다소 어색한 분위기 속에서도 반갑게 인사를 나눴다.

협회 관계자까지 출국해야 할 인원이 모두 모이자 장노철 감독이 통솔을 시작했다.

"자, 차 감독님을 대신해 일정 내내 통솔은 제가 하게 되었습니다. 차 감독님은 협회와 주최 측 인사들이 포함된 공식선상에서 활동해주실 겁니다."

코칭스태프의 역할 설명이 있고 나서 장노철 감독이 다시 한 번 선수들을 둘러보며 얘기했다.

"다들 경기장에서 경쟁하면서 안면도 있고 친분도 있을 텐데 해후는 나중으로 미루고 일정이 빡빡하니 우선은 움직이도록 합시다. 일단 출정식은 생략되겠지만 차 감독님께서 출사표를 던져주실 겁니다."

"모두 반갑다. 다들 서로 잘 알겠지? 경기장에서는 경쟁했지만 이번 올스타전 일정 동안은 우리가 하나다. 이스포츠 종주국의 위력을 제대로 보여주고 오자. 이상."

짝짝짝짝짝짝짝짝.

짧고 간결하지만 위력적인 한 마디.

그 출사표를 안고 우리는 미국에서 펼쳐지는 올스타전

무대 위에 대한민국 깃발을 꽂기 위해 출발했다.

◆

올스타전 일정이 발표되며 올 시즌 최초의 세계무대에 걸리는 기대감이 더욱 불어났다.

작년과 다르게 다시 투표로 선발된 올스타를 만나볼 수 있는데다가 새로운 게임 모드 추가로 인한 흥미로운 대진이 더 많이 나올 수 있을 것 같았다.

일단, 올스타전의 백미는 바로 1:1 대전이었다.

모든 선수가 토너먼트 형식으로 자유 챔피언을 가지고 1:1 대결을 벌이고 우승자를 뽑는 올스타전 속의 작은 게임이었다.

갱킹과 로밍에 대한 압박이 없는 순수 1:1 라인전 능력만을 보여줄 절호의 기회이기도 했다.

하나 아이러니한 사실은 브레이커 이상현은 한 번도 1:1 대전에서 우승한 경험이 없었다.

항상 외국 선수들의 깜짝 스펠이나 챔피언에 허를 찔리며 아쉽게 탈락하는 모습을 보였다.

그 와중에 강력한 경쟁자인 베놈 권진욱, 미스터 큐 안상규의 합류로 이번에야말로 우승을 노리고 있던 브레이커 이상현의 행보에 귀추가 주목되고 있었다.

그 외에도 2인1각 달리기처럼 두 선수가 키보드와 마우스를 나누어 한 개의 챔피언을 조작하는 팀플레이 게임, 단일 챔피언 모드, 단일 역할 모드, 스킬 재사용대기시간 감소와 마나소모가 없는 모드 등 다양한 이벤트가 준비되어 있었다.

해외에서 합류하는 해외 올스타 선수들의 면면도 대단한 수준이었다.

유럽, 북미, 남미, 중국, 한국, 와일드카드.

총 여섯 개 지역에서 출전하는 올스타전 멤머 여섯 팀은 각각 팀 파이어 한국, 유럽, 남미와 팀 아이스 북미, 중국, 와일드카드로 세 팀씩 나뉘어 올스타전 기간 동안 활약할 것이었다.

한국과 한 팀이 된 유럽과 남미에는 수아즈, 넥스페케 등 세계적인 스타가 포함되어 있었고 적으로 마주할 팀 아이스에는 트리플리프트, 카르샤, 레이플, 빅스 등 만만치 않은 스타들이 다수 포진해 있었다.

팬들은 하루 빨리 올스타전이 시작되길 바랐고 속속 미국으로 도착하는 각 지역의 선수들이 입장하는 모습을 기사로 지켜볼 수 있었다.

재미있는 일은 이 때부터 발생했다.

각 선수들의 호텔 근처에는 기간을 준비하는 동안 사용할 연습실이 마련되었는데 현지에 도착한 선수들이 차례로 미국 로크 서버에 접속해 게임을 즐기기 시작한 것이다.

보통 한국 선수들은 한국 서버에, 유럽 선수들은 유럽 서버에, 북미 선수들은 북미 서버에서 게임을 즐긴다.

그러나 이런 세계적인 이벤트가 있는 때에는 대회가 개최되는 지역의 서버에 모든 선수들이 몰리기 마련이었다.

이번의 경우 그것이 북미 서버였는데 북미 서버로 유럽과 한국, 중국의 슈퍼스타들이 유입되면서 올스타전의 전초전이 펼쳐지기 시작한 것이다.

대기 첫 번째 날 북미 서버의 게임에 등장한 브레이커 이상현, 베놈 권진욱, 미스터 큐 안상규는 현지인들을 상대로 가벼운 스파링을 즐기듯 학살자의 명성을 휘날렸다.

마치 누가 더 빠른 속도로 현지 계정 레벨을 올리고 더 높은 랭크를 기록하는지 내기라도 하는 사람들처럼 캐리력을 과시하기 시작한 것이다.

[브레이커 이상현 – 오리아나 18킬 1데스 22어시스트]
[베놈 권진욱 – 나무요정 7킬 0데스 20어시스트]
[미스터 큐 안상규 – 수도승 11킬 2데스 13어시스트]

각자 다른 게임에 들어가 기록한 KDA만으로도 그 게임이 어떤 방식으로 초토화되었는지 알 수 있었다.

이슈가 이들에게 집중되자 마치 우리도 있다는 걸 알리고 싶었던 듯 중국 리그의 올스타 선수들도 캐리력을 뽐내면서 현지 랭크 게임의 생태계를 파괴하기 시작했다.

하위 티어 유저들은 이런 현상을 그저 손 놓고 지켜볼 수밖에 없었다.

그저 빠르게 패배를 선언하며 레벨을 올려주고 괴물들을 천상계로 올려주는 것이 할 수 있는 고작이었다.

딱 이틀이 지나는 시점에 웬만큼 열심히 한 선수들은 전부 상위 티어까지 계정을 올릴 수 있었고 덕분에 게임다운 게임들이 펼쳐지기 시작했다.

지역 이동이 필요 없었던 북미 선수들은 북미 챌린저 티어를 호령하다가 강력한 적수가 들이닥치자 랭크 포인트에 엄청난 격변이 생기기 시작했다.

중국 선수들이 북미 선수들의 포인트를 갉아먹기 시작하더니 한국 선수들이 그 사이로 뛰어들었고 뒤늦게 합류한 유럽 선수들까지 북미 서버의 순위권을 죄다 석권하기 시작했다.

말 그대로 천상계의 대륙별 전쟁이 시작된 것이다.

팬들은 이들의 포인트 점유율이 어떤 방식으로 변경되는지 관심을 갖다가 점점 그 안에서 뛰어난 선수들이

상위권으로 치고 올라오는 것을 보며 새로운 재미에 빠져들었다.

바로 각 리그 최고로 평가 받는 선수들이 한 팀이 되어 경기를 치르거나 균등하게 나뉘어 경기를 치르는 모습을 보며 퀄리티 좋은 게임이 생산된다는 것을 깨달은 것이다.

그런데 모든 팬들의 관심 밖에 있었던 한 사람의 등장으로 지각 변동이 예고되었다.

PaDo

대한민국에서 브레이커 이상현을 위협할 수 있는 유일한 미드라이너로 여겨졌던 아마추어 최상위권의 게이머였다.

그의 등장으로 팬들은 물론 북미 상위권 랭크의 생태계를 교란하던 각국의 올스타 선수들도 긴장할 수밖에 없었다.

그만큼 등장한 플레이어의 위명은 대단했다.

파도라는 닉네임을 사용하며 랭크 게임의 순위권을 쥐고 놓지 않았던 그가 대리 게임 행각이 적발되며 선수자격 박탈과 1,000년짜리 계정 정지를 당하며 사실상 프로 무대에 이름을 내밀 수 없는 처지가 되어버린 것이다.

이미 시일이 꽤 지난 일임에도 불구하고 워낙 특출 난 실력을 보였던 그의 명성은 지워지지 않았다.

어쨌거나 대한민국 서버에서 퇴출당한 그는 파도라는 닉네임을 들고 북미 서버에 나타났다.

다시 한 번 악마의 재능이라고 평가받는 본인의 실력을 뽐내기 위함인가?

파도는 북미 서버 상위권을 휘저으며 각국의 올스타 선수들을 하나씩 때려 부수기 시작했다.

북미 서버에서 줄곧 게임을 해오던 선수들이 있던 터라 올스타 멤버들 중 누군가 1위를 탈환하는 일은 매우 어려웠다.

쌓아 둔 포인트와 새로 올린 포인트 사이의 간격이 있기에 자연히 시간이 필요했다. 그러나 어느 정도의 능력으로 줄일 수 있는 격차 역시 분명히 존재했다.

올스타 멤버들은 이미 대부분의 순위권을 점령하고 있었다.

여러 대륙 선수들이 한데 뒤섞여 10위~40위권의 순위를 점령하는 중이었다.

그런데 갑작스럽게 등장한 플레이어 파도에 의해 다시 한 번 포인트에 대격변이 시작되었다.

[오늘 새벽 게임 본 사람? 파도가 8연승 달림]
[북미 랭커들 전부 레이트 떨어졌어 파도는 언제부터 북미 서버에 와 있던 거야?]

[계정 생성일이 최근이던데? 올스타 선수들 모일 즈음 서버만 옮긴 듯]

[아직 브레이커나 베놈은 안 만남?]

[점수 차이가 있어서 아직은 안 만나는 듯]

[ㅋㅋㅋㅋㅋㅋㅋㅋㅋㅋㅋ 사신이 올라간다]

[한국 서버에서 안 보이더니 중국 서버 하는 거 아니었음? 북미까지 와버렸네?]

[미스터 큐, 베놈, 브레이커, 파도 둘 씩 나뉘어서 붙으면 누가 이기겠냐?]

[개쩐다 진짜 언제 만나는 거야 도대체!]

아직 대회 공식 일정이 시작되기까지 남은 기간은 2일.

이대로 선수들이 솔로 랭크 플레이 템포만 유지해 준다면 조만간 만날 수 있을 것 같았다.

조금 늦어지더라도 대회 기간 중 선수들이 게임을 즐기지 않는 것이 아니기에 대회 종료시점 전에는 무조건 한 번은 맞붙게 되는 것이다.

바로 그 날을 기다리는 것은 비단 팬들 뿐만이 아닌 듯 플레이어 파도는 더욱 템포를 올렸다.

어쩌면 그가 올스타 선수들과 맞붙을 날을 가장 애타게 기다리고 있는 건 아닐까 싶을 정도였다.

접속해서 게임을 시작하면 게임을 하면서 식사도 해결

하는 듯 20시간가량을 계속해서 게임만 즐겼다.

로그아웃 되어 있는 시간은 고작 4시간 남짓.

때로는 로그인 해둔 상태로 수면을 취하기도 하는 듯 접속이 끊이지 않는 경우도 보였다.

그런 강행군 속에서도 압도적인 승률로 챌린저 티어에 입성한 파도는 챌린저 순위권 50위에 안착하며 올스타 선수들과 매칭이 가능해진 시기부터 한 플랫폼을 이용해 개인 스트리밍 방송을 시작했다.

방송 제목은 아주 자극적이었다.

[악마의 재능 올스타 부수기]

어쨌거나 징계로 인해 본인 계정으로 게임을 즐기지 못하는 파도는 다른 계정을 이용하는 대리게임 처벌을 피할 목적으로 본인이 과거의 자신이라는 것을 숨기고 늘 따라다니던 수식어 '악마의 재능'을 전면에 내세웠다.

이미 그것만으로도 파도가 어떤 인물인지 아는 로크 팬들은 아주 관심 깊게 그의 스트리밍 방송을 지켜봤다.

그리고 그가 보여준 활약들은 고스란히 온라인 커뮤니티의 기사면을 장식했다.

[북미 올스타! 베일에 싸인 플레이어 파도에게 덜미.]

[북미 챌린저 순위권이 요동친다. 잔잔하던 그곳에 몰아친 거센 파도!]

[충격! 비글 최강진, 매드라이트 홍만기의 연승을 격파한 그는 누구인가?]

[로크의 문제아 그의 재림? 플레이어 파도는 누구인가.]

[유럽 올스타 플레이어 파도에게 전패!]

[도전자 파도! 최상위권 선수들 정조준.]

[비혁슨 플레이어 파도와 맞붙고 싶다고 밝혀]

[플레이어 파도의 스트리밍 방송 시청자 10만 명 돌파!]

[스트리밍 방송에서 밝힌 그의 목적! 존재감 증명!]

[다 된 올스타전에 파도 뿌리기? 나날이 실추되는 올스타 선수들의 명성 그 끝은 어디인가.]

[브레이커 이상현과 베놈 권진욱이 그를 만나면?]

꽤 자극적인 제목으로 점철된 기사 면이라는 것을 감안해도 충격적일 만큼 일방적인 기사들이었다.

하지만 팬들은 전혀 과하다는 생각을 하지 않았다.

승률 86.7%

북미 서버에 파도 계정을 생성하고 여기에 이르기까지 플레이어 파도가 보여준 기록이었다.

하위 티어에서의 승률이 다수 섞여 있으니 무슨 의미이겠는가 싶지만 문제는 이 승률이 챌린저 티어에서 올스타 선수들을 만나면서도 계속해서 유지가 되고 있다는 점이었다.

유럽 올스타 선수들은 매칭 운이 나빴는지 전부 한 번씩 파도를 적으로 만나 모두 패배를 기록했고 북미 선수들도 에이스 미드라이너 비헉슨만 남겨둔 채 전패를 기록했다.

일명 북미의 브레이커로 불리우는 비헉슨은 전 세계 미드라이너 중 메카닉은 최강이 아닌가라는 평가를 듣는 인물로 많은 사람들이 브레이커, 베놈, 비헉슨의 대결을 기다리고 있었다.

올스타전 개막을 하루 앞둔 시점.

드디어 그 비헉슨과 파도가 맞붙었다.

◆

올스타전 직전에 이만큼 기대감이 느껴지는 매치업이 또 있을까?

나뿐만이 아니라 우리 대한민국 올스타 선수들 모두가 게임 매칭을 멈추고 관전 화면을 지켜봤다.

비헉슨과 파도의 대결이라.

둘 다 브레이커 이상현의 호적수로 평가받는 인물들이었다.

그런 이들의 격돌이다 보니 자연스럽게 관심이 쏠렸다.

심지어 비헉슨은 곧 올스타전 매치를 통해 공식적으로 맞붙게 될 선수였고 파도는 이 자리에 모인 우리를 저격하기 위해 찾아온 암살자였다.

경기가 펼쳐진다면 미리 봐둘 필요는 충분했다.

"미드라인 싸움은 누가 이길 거 같아?"

"비헉슨이 조금 더 유리하지 않을까요?"

최강진과 안상규가 초반 상황을 지켜보며 말했다.

대부분 상규의 말에 동의의 뜻을 보였다.

팀 게임이 아닌 전형적인 솔로 랭크 플레이였다.

아무래도 칼 같이 이어지는 연계기나 아군의 지원을 염두에 둔 플레이보다는 전적으로 라인전 메카닉에 모든 것이 달려 있다고 봐도 무방했다.

그런 상황에 파도가 상대하는 이가 북미의 브레이커 완성형 메카닉 비헉슨이었으니 그런 생각을 가질 만도 했다.

하지만 나의 생각은 달랐다.

"오히려 파도가 유리할 것 같아요. 전체 게임의 95% 이상을 솔로 랭크로 훈련한 선수니까요. 랭크 게임은 그의 무대에요. 그의 영역이고요."

내가 하고싶은 말을 브레이커 이상현이 정확하게 꺼냈다.

이번에는 내가 동의한다는 듯 고개를 끄덕여 주었다.

어디까지나 솔로 랭크는 그 특유의 한계를 벗어날 수 없었다.

팀 게임과는 전혀 차원이 다른 분야라는 말이다.

어느 정도 실력이 되는 선수들은 양쪽에 맞춘 롤을 모두 수행할 수 있지만 일반적으로 솔로 랭크에 완전 적응 되어 있으며 특화된 선수가 솔로 랭크 무대에서는 유리한 법이다.

팀 게임과는 다른 규율과 진행 흐름이 있으니 당연했다.

그렇게 모두가 지켜보는 가운데 미드라인에서 두 선수가 맞붙었다.

비헉슨은 예전부터 본인이 즐겨 사용하는 챔피언 중 하나인 제이드를 플레이 하고 있었고 이에 맞선 파도의 챔피언은 카샤딘이었다.

일반적으로 초반부터 치열한 편이고 6레벨 이후에는 완전한 손 싸움 형태로 이어지는 호적수였다.

"챔피언 밸런스 좋고."

"팀 밸런스도 그럴싸하네."

"미드 라인전에서 확 기울어 대부분의 솔로 랭크는."

팀원들의 설명처럼 모든 상황이 공평하다고 보이는 상태로 서로 6레벨 타이밍이 되고 본진으로 귀환해 첫 번째 아이템까지 구매하고 돌아온 비헉슨과 파도.

　둘은 미드 라인에서 서로의 얼굴을 보자마자 마치 덩치 큰 싸움소처럼 저돌적으로 서로에게 달려들었다.

　화려했다.

　카샤딘은 특유의 기동성으로 치고 빠지며 제이드의 공격을 피했고 제이드는 특유의 강력한 일격을 정교하게 사용하며 카샤딘의 체력을 뭉텅이로 압박했다.

　메카닉과 메카닉의 대결.

　피지컬과 피지컬의 대결.

　전 세계 로크 팬들이 지켜보는 가운데 싸움의 향방이 결정되었다.

　선공은 비헉슨이었다.

　궁극기를 사용하며 카샤딘에게 표식에 남기는 것을 성공한 비헉슨!

　하지만 파도의 카샤딘은 표식을 달고 거리를 벌리며 제이드가 던진 투창을 모조리 피했다.

　이어지는 반격의 시간.

　카샤딘의 스킬 콤보가 제이드에게 적중했다.

　애초에 제이드와 다르게 카샤딘의 스킬 구성은 적중이 쉬운 편에 속했다.

　적의 스킬은 피하고 내 스킬은 적중시키는 것.

　브레이커 이상현이 공개적인 인터뷰에서 밝힌 게임을

잘 하는 방법이었다.

그 방법을 그대로 구현해낸 플레이어 파도!

결국 비헉슨은 첫 번째 킬 포인트를 파도에게 내줄 수밖에 없었다.

딱 거기까지 지켜본 다음 브레이커 이상현은 자리를 뜨려고 일어섰다.

"더 볼 필요 없어요. 파도 카샤딘이 킬 먹었으면 이미 게임 끝난 거예요. 비헉슨도 별 수 없네요."

이번에는 이상현의 생각이 나와 달랐다.

"비헉슨이 이정도로 그냥 무너질 선수는 아니죠. 명색이 북미의 브레이커인데."

본인의 닉네임이 언급되자 이상현이 자리에 멈췄다.

아직 비헉슨을 상대해본 적 없지만 파도와는 과거 몇 차례 맞붙어본 이상현이었다.

그런 그가 이 정도로 말한다면 분명 파도의 역량은 대단하다고 할 수 있었다.

그러나 상대는 프로 중에서도 북미 지역 전체를 제패한 비헉슨이었다.

그 정도의 명성을 얻으려면 분명 뭔가가 있을 거라 생각했다.

내 생각처럼 비헉슨은 곧바로 자신의 능력을 보였다.

"비헉슨 바텀으로 뛰는데?"

부활과 동시에 바텀 라인으로 향하는 비헉슨의 궁극기 게이지는 다시 차오르고 있었다.

"본인 라인에서 본 손해를 다른 라인에서 만회하는 것 정도야 이제 너무 정석적이라서 당해줄 사람이 없잖아요."

브레이커 이상현의 의견이었다.

나도 곧바로 받아쳤다.

"그게 정석이라는 것 즈음은 비헉슨도 알고 있겠죠. 본인의 안방에서 치루는 게임인데 해법도 있을 거예요. 우리는 그걸 주시하고 정보를 담아두면 됩니다."

바텀 라인에 도착한 비헉슨은 그대로 라인 갱킹을 감행하지 않았다.

차분하게 바텀 라인 윗 사이드를 지나쳐 적 정글라인 안으로 들어가며 두 가지 경우의 수를 노렸다.

첫 번째, 지나가거나 사냥 중인 정글러를 노린다.

두 번째, 바텀 듀오의 후방을 잡고 확실하게 포인트를 기록한다.

그 중 걸린 경우의 수는 첫 번째였다.

마침 레이스 둥지를 사냥 중이던 적 정글러가 비헉슨의 사거리 안에 들어왔다.

제이드의 다시 차오른 궁극기와 이어지는 콤보!

한국에서는 살짝 철이 지난 나탈리 정글.

북미에서는 여전히 1티어 정글러로 활약 중이었고 맷집이 약한 나탈리는 제이드의 한 콤보 연계에 그대로 절명했다.

여유롭게 킬 포인트를 올려 실점을 만회한 다음 라인으로 복귀한 비헉슨.

플레이어 파도와 비헉슨의 맞대결은 그렇게 쉽게 기울어지지 않았다.

치열한 접전이 벌어질수록 두 선수 사이의 균형이 더 아슬아슬하게 유지 되어 갈수록 우리는 훨씬 많은 정보를 수집할 수 있었다.

팀 게임에서는 쉽게 드러나지 않는 비헉슨의 개인적인 버릇과 성향.

위급한 상황이 닥쳤을 때 파훼하는 방법 등 많은 정보를 얻어낸 나는 꼼꼼히 그 기록을 정리했다.

어느 순간부터 플레이어 파도는 나의 관심 밖으로 밀려나 있었다.

어차피 공식적으로 이겨야 할 상대는 그가 아니라 비헉슨이었다.

그렇게 많은 정보를 정리해서 내 첫으로 소화하는 도중 급히 화장실이 가고 싶어 연습실을 나섰다.

그리고 거실에 앉아 플레이어 파도의 스트리밍 방송을 지켜보는 한 사람을 발견했다.

코치 자격으로 이번 일정에 합류한 장노철 감독.

어깨 너머로 얼핏 보이는 그의 메모지 안에 적힌 것들은 지금까지 내가 정리한 것과 흡사했다.

비헉슨의 여러 정보가 담겨 있는 것이다.

어쩌면….

플레이어 파도가 갑작스럽게 나타난 것에 대한 비밀은 장노철 감독이 쥐고 있을지도 모른다는 생각이 들었다.

24장. 세계로 데뷔!

프로게이머
PROGAMER

프로게이머
PROGAMER

24장. 세계로 데뷔!

북미의 브레이커로 불리는 에이스 미드라이너 비헉슨.

라인전 메카닉 능력은 최상급이며 변수로 인해 킬 포인트를 내주었을 때 로밍으로 복구할 수 있는 능력도 겸비했음.

수비적이고 안정적인 운영보다 공격적인 운영을 선호하며 익숙한 콤보를 적중시키는 능력은 발군.

난전이나 기습적인 상황에 정해져 있는 콤보가 아닌 지속적인 방식의 응용능력은 떨어지는 편이다.

북미 AD캐리 포지션의 슈퍼스타 트리플리프트.

CS 수급 능력은 동일 포지션 모든 선수들을 포함해도 상급을 차지하는 반면 공격적인 성향에 비해 피지컬 능력은 떨어지는 편.

특히나 암살자에게 노출된 경우 개인 기량으로 생존하는 경우가 극히 드문 케이스로 암살자 상대로 큰 힘을 발휘하지 못함.

다만 포커싱이 다른 곳에 있는 경우 지속 딜링 능력은 굉장해 캐리력 있는 AD캐리로 손꼽힘.

세계 3대 미드라이너로 꼽히는 유럽의 자존심 크로겐.

더티 파밍이라고 불리는 라인 전투병과 정글 몬스터까지 수급해 성장하는 능력은 세계 최고 수준.

이미 오래전 게임시간 23분 만에 CS 300을 달성하며 이 분야에 최고 기록을 지니고 있다.

재미있는 것은 정해진 아이템 트리가 없이 매 경기 새로운 아이템을 구매하며 다재다능한 플레이를 해낸다는 것.

또 하나의 특징이라면 스마트 키 세팅을 사용하지 않는 정통파 중에 하나로 논타겟 스킬 적중률은 최정상급이다.

주로 사용하는 챔피언은 레니비아, 리치왕, 이즈 등 안정적인 성장과 왕귀 캐리가 가능한 챔피언.

그러나 때로는 수도승을 미드 라인에 기용하며 메카닉의 능력도 보여주기에 위험 수위는 높게 측정되는 선수.

파도 역시 승리를 거뒀으나 크로겐 선수 자체에 대한

공략은 성공적이지 못한 편.

중국 로크 계의 프랜차이즈 스타 AD캐리 유지.

날뛰기 시작하면 막을 수 없는 페인을 잘 다루며 세 시즌 연속으로 공식전에서 펜타 킬을 기록할 만큼 뛰어난 공격성과 뒷받침 되는 피지컬 능력을 보이며 캐리력을 겸비한 선수.

전 세계 선수들을 통틀어 AD캐리 포지션 선수들의 피지컬 능력만 놓고 비교했을 때 단연 탑으로 평가받는 선수이다.

치명적인 단점이 하나 있는데 바로 유리멘탈이라는 것.

따라서 게임 중 멘탈을 건드릴 수 있는 도발적인 플레이 몇 번이면 스스로 자멸하게 만들 수 있는 선수다.

흥분했을 경우 피지컬을 믿고 무리한 플레이를 자주하는 편.

중국 최고의 정글러 우승경험의 화신 클린 러브.

중국에서 데뷔 이후 4년 동안 활동하며 공식전에 기록된 모든 경기를 돌아보면 승률 75%라는 괴물같은 성적을 유지하고 있는 괴물 정글러.

개인적인 피지컬 능력과 한타 교전시 뛰어난 집중력이 최고의 무기인 선수지만 정글러라는 포지션인 것을 염두에 두었을 때 형편없는 운영능력과 맵 장악 능력이 늘 아쉬웠던 선수로 게임 흐름에 대한 이해도는 떨어지는 편.

오로지 피지컬로만 승부를 보는 성향이 짙은 솔로랭크 특화 플레이어라는 오명까지 뒤집어썼던 클린 러브.

위기가 닥치면 특유의 피지컬로 슈퍼 플레이를 만들어내는 빈도도 높기에 주의가 필요한 플레이어.

유럽의 자존심이자 원조 사파 탑 라이너 로아즈.

환술사, 수도승, 폭탄광, 불꽃소녀, 고철로봇, 제이드는 물론이고 심지어 페인까지 탑 라인에 기용하면서 게임을 승리로 이끄는 변칙적인 픽의 제왕 로아즈다.

메타와는 전혀 상관없는 챔피언을 탑에 기용해서는 줄곧 좋은 모습을 보여줄 만큼 게임과 챔피언에 대한 이해도가 최강점으로 꼽히는 선수.

여러 챔피언을 잘 다루는 만큼 기본적인 피지컬 능력도 좋은 편이지만 치명적인 단점은 게임마다 기복의 편차가 매우 심하다는 것이다.

실제로 그래프의 하점을 찍는 능력으로 치르는 게임 안에서는 위기에 봉착했을 때 맥없이 당해 버리는 모습을 보여준다.

변칙적인 챔피언과 변칙적인 운영능력으로 허를 찔리는 것만 조심하면 개인기량 자체는 위험하지 않은 상대로 압도적인 피지컬 차이에 의해 파도에게 영혼까지 털렸다.

내가 한 자리에 앉아 파악한 올스타전 경계대상 선수들의 프로필과 파도의 경기 덕분에 알아낸 정보들이었다.

플레이어 파도는 마치 이런 정보를 누군가에게 보여주고 싶다는 듯 플레이 했다.

때로는 강하게 몰아붙이고 때로는 자유롭게 풀어두면서 개인의 역량을 시험하듯 상대하는 모습이었다.

나는 내가 정리한 것들을 들고 장노철 감독을 찾아갔다.

"감독님, 잠깐 대화 가능할까요?"

"물론이지."

진지한 얘기는 나눠본 적 없지만 타지에서 며칠을 함께 보낸 터라 이전보다는 한결 편안한 상태였다.

나는 직접 정리한 것들을 그에게 건네며 물었다.

"감독님 생각과 비슷한가요?"

정리된 노트를 가만히 살펴보면 장노철 감독의 눈빛에 미약하게 이채가 서렸다.

그럴 만도 했다.

완전히 객관적인 시선에서 여러 선수의 프로필과 장단점을 정리한 것이 아니라 그를 상대하는 파도의 관점에서 흘러나온 정보를 정리한 것이었으니까.

장노철 감독이 피식 웃음을 뱉었다.

"정확하게 일치한다고나 할까?"

"플레이어 파도는 감독님이 투입시키신 거죠?"

장노철 감독이 고개를 끄덕였다.

"올스타 선수들에 대한 정보가 부족한 것 같아서."

"왜 저희 선수들을 쓰지 않으시고요? 제가 아닌 다른 선수들에게 의도를 들켰더라면 아마 크게 반발했을지도 몰라요. 본인들의 실력을 믿지 못해 정지당한 용병까지 써야 했냐고 물을 수도 있는 일이죠."

"그럴 수도 있겠지. 하지만 우리 선수들이 지닌 실력에 대한 의심은 없어. 그저 타 지역 선수들을 살짝 흥분하게 하는 게 목적이었을 뿐이야. 너희와 게임할 때까지 모든 정보를 내보일 거라고는 생각지 않았거든."

놀랍도록 비슷했다.

생각하는 것, 노리는 것, 염려하는 것, 타개하는 방법까지 내가 자연히 눈치를 챌 수밖에 없을 만큼 비슷했다.

역시 알게 모르게 전생에서 이 사람에게 받은 영향이 적지 않다는 것이 실감되었다.

이번에는 장노철 감독의 질문이 내게 왔다.

"네 정체는 도대체 뭘까?"

내게 묻는 건가?

아니면 본인에게 묻는 건가?

이 때다 싶었는지 장노철 감독의 음흉한 눈빛이 정면으로 내게 와서 꽂혔다.

"이제 고작 데뷔 5개월 차에 접어드는 신인 중의 신인이 시즌 전체를 휘어잡더니 내 전략을 파훼하고 이번에는

내 의도까지 파악한데다가 나와 같은 것을 보고 정리까지
해서 내게 왔어. 도대체 뭘까?"

아무런 대답도 할 수가 없었다.

네 정체가 뭐냐 묻는다고 해서 두 번째 삶을 사는 중이라
고 말할 수야 있겠는가.

그저 미친놈 취급이나 당할 뿐이었다.

내가 당황하고 있으니 다시 장노철 감독이 말을 이었
다.

"네가 이정도로 나와 비슷하다면 지금 궁금하겠지? 도대
체 무슨 명분으로 파도를 움직였고 그에게 해 주기로 한 것
이 뭔지. 고작 축제처럼 즐기는 올스타전인데 이렇게까지
하는 이유가 뭔지…. 궁금한 게 많을 거야."

정확하다.

너무 정확해서 그렇다고 대답도 못했다.

어쩌면 내 생각보다 장노철 감독은 나를 더 많이 경계하
고 있었는지도 모르겠다는 생각이 들었다.

장노철 감독은 아무 말 못하고 선 나를 보더니 씩 웃으며
말했다.

"거의 모든 로크 리그의 공식 리그 VOD를 다 보고나서
눈이 틔었다지? 그럼 산전수전 공중전에 찬물, 더운물,
심지어 똥물까지 다 뒤집어 써본 듯 한 그 노련미는 뭘
까?"

여전히 아무 말도 할 수 없는 나.

그런 나에게 장노철 감독이 의미심장한 미소를 남겼다.

"지난 시즌 중반 합류를 내가 수락한 이유는 충격적인 데뷔가 가능하겠다는 계산 덕분이었어. 그런데 너는 내 생각을 훨씬 뛰어 넘는 능력을 보여줬고 내 계획은 보기 좋게 실패했지. 결승전에서 내키지 않는 짓까지 했는데도 말이야. 이번 일정의 모든 것도 다음 시즌 준비를 위한 초석이야. 기대해."

그렇게 휴게실을 빠져나가는 장노철 감독을 보며 나는 그의 숨은 승부욕과 야망을 느낄 수 있었다.

◆

드디어 대망의 올스타전 일정이 시작되었다.

첫 번째 날 1부 순서는 선수들의 개인전과 '둘이서 한 마음'이라는 이름이 붙은 2인1조 게임이었다.

2부 순서에 팀 아이스와 팀 파이어에서 두 팀씩 나와 일반 경기를 치르면서 포인트를 노렸다.

첫 번째 순서인 1:1 전용 게임 개인전에서 재미있는 경기가 많이 나왔다.

평소 팬들이 잘 보지 못하는 챔피언들도 많이 등장했다.

쇼맨쉽이 있는 선수들은 특이한 픽을 내세워 팬들에게 즐거움을 선사했고 승리에 대한 욕심이 있는 선수들은 안정적인 원거리 딜러 챔피언을 골라 운영했다.

예선전 성격의 1차전에서 대한민국 올스타 선수들은 모두 승리를 거뒀다.

권진욱이 정리한 올스타 중의 경계대상에 오른 선수들도 모두 승리를 거두며 첫 번째 대전에서 이변은 발생하지 않았다.

대회 첫 번째 날의 개인전은 그렇게 마무리 되고 많은 이들이 기대하던 둘이서 한 마음 매치가 벌어졌다.

무작위로 2인 1조를 편성했는데 꽤 재미있는 조합이 많이 나왔다.

한국과 유럽, 남미 선수들로 한 팀을 구성한 팀 파이어.

그 안에서 탑 라이너로 짝 지어진 로아즈와 베놈의 조합은 많은 이들의 관심을 받았다.

전 세계 대표 사파 탑 라이너 로아즈와 늘 새로운 시도를 끊임없이 보여줬던 전략가 베놈.

두 사람이 어떤 챔피언으로 어떤 모습을 보여줄지 궁금하지 않을 수 없었다.

그러나 상대 팀인 팀 아이스도 만만치 않았다.

북미, 중국, 와일드카드로 이루어진 이들의 조합 가운데는 비헉슨과 유지의 조합도 있었다.

피지컬과 피지컬의 조합이라 그런지 호흡만 맞는다면 마치 혼자 플레이 하듯 엄청난 캐리력을 보여줄 수도 있을 것 같았다.

행사 진행 중 드디어 조합을 섞어 대진표를 만드는 순서.

MC의 진행에 맞춰 유명인사들이 한 명씩 등장해 캡슐 안에 담겨 무작위로 섞인 선수들의 조합을 추첨했다.

"이번에는 전 세계가 사랑했던 전설적인 프로게이머 임요한 선수입니다! 자, 두 번째 경기 탑 라인에 들어갈 두 개의 캡슐을 뽑아주시죠!"

팬들의 어마어마한 환호와 함성을 받으며 등장한 임요한은 팬들에게 손을 흔들어 보이고는 신중하게 붉은색 캡슐 하나와 푸른색 캡슐 하나를 뽑았다.

그리고 캡슐을 열어 안에 들어 있는 조합을 공개했다.

"오 마이 갓! 팀 파이어의 강력한 조합이죠. 로아즈, 베놈 조합과 팀 아이스에서는 비헉슨, 유지 조합이 나왔습니다! 무려 같은 게임! 같은 라인에서 만나게 되네요!"

다시 한 번 큰 환호가 쏟아졌다.

온라인도 금세 추첨의 결과로 뜨거워졌다.

[역시 황제야! 환상적인 매치업을 만들어냈어!]
[황제 당신은 정말…!]

[완벽한 변칙과 전략 조합 VS 완벽한 피지컬과 메카닉 조합]

[맙소사. 우리 지역에서 2경기는 새벽까지 기다려야 볼 수 있다고! 그래도 난 기다리겠어.]

[이미 다른 라인에 관심은 사라졌다. 2경기는 저들의 싸움이야!]

환상적인 우연이 겹치고 겹치며 올스타전의 흥행에는 문제가 없어 보였다.

재미있는 조합으로 이루어진 둘이서 한 마음 경기의 1세트가 끝나고 첫 번째 포인트를 팀 파이어가 가져올 수 있었다.

그리고 드디어.

대망의 2세트 로아즈 베놈 조합이 출격했다.

◆

로아즈가 키보드를 맡고 내가 마우스를 맡았다.

이럴 줄 알았으면 영어라도 조금 공부를 해둘걸 그랬나 보다. 둘이서 한 마음이 되어야 하는데 일단 의사소통부터 잘 통하지 않았다.

우리가 상대해야 하는 맞라인에 비헉슨과 유지가 배정되

었기에 아예 긴장을 놓을 수는 없었다.

올스타전 경험이 많은 다른 선수들이야 어떨지 몰라도 내게 올스타전의 의미는 남달랐다.

처음으로 내 얼굴을 세계에 알리고 홍보할 기회이자 대한민국의 두 배가 넘는 상금 규모를 실감할 수 있는 기회였기에 임하는 경기마다 최선을 다 할 생각이었다.

어차피 이벤트 매치이니 조합은 중요하지 않다.

각 조합을 담당하는 선수들이 원하는 챔피언이라면 무엇이든 꺼낼 수 있었다.

나는 최대한 내가 아는 영어 단어를 조합해서 더듬더듬 의견을 물었다.

"로아즈, 어떤 챔피언을 원해?"

"재미있는 챔피언이었으면 좋겠어."

그냥 원하는 챔피언을 말해주면 좋잖아?

대화가 길어질수록 나는 불편하다고.

이렇게 되면 서로 성향이 맞는 챔피언을 좁혀야 하는데 둘이서 하나의 챔피언을 조작하는 만큼 적절한 전략은 필요했다.

조작난이도가 쉽고 매커니즘이 간단한 챔피언을 다루면 변수 창출에는 다소 어려움이 따를지 몰라도 안정적인 플레이가 가능했다.

"쉬운 매커니즘? 어때?"

"나는 스타일리시한 게 좋아."

이러다가 아는 영어 단어 밑바닥 드러나겠다 싶어 작전을 바꿨다.

아예 챔피언 이름을 물었다.

"닥터문도?"

"오, 노. 더욱 스타일리시한 거."

"팡테온?"

"놉, 그건 너무 쉬워."

이러다가 120개가 넘는 챔피언 이름을 하나씩 다 말해야 할 지경에 이른 것 같아 머리가 아파왔다.

그 순간 로아즈가 말했다.

"키모? 어때?"

"콜."

쉽고 강력하면서 이벤트 매치에 어울리는 챔피언이었다.

궁극기 독버섯의 집중 설치 구역을 설정하는 단계에서 전략적인 흐름까지 가져올 수 있기에 여러모로 우리 조합에 어울리는 챔피언이었다.

의견의 일치를 본 우리는 키모를 찾아 픽창에 올렸다.

역시나 키모의 초상화가 보이자마자 헤드셋을 뚫고 바깥의 팬들이 내지르는 함성 소리가 들렸다.

이어 올라오는 아군과 적군의 챔피언 픽창에도 재미있는 얼굴이 많이 올라왔다.

이블리, 빅토리안, 트이치, 나무요정으로 이어지는 우리 조합은 얼추 정상 라인에 근접한 구색을 갖췄다.

시간제한이 다가오며 상대 팀에서도 서서히 조합을 갖췄다.

가장 눈여겨 본 우리 맞라인 비헉슨과 우지의 조합은 조작 난이도의 끝판 왕 이븐을 선택했다.

둘이서 한마음 모드를 이븐으로 도전한다는 첫 자체가 충격적인 일이라 한 번 더 팬들의 함성이 쏟아졌다.

다른 라인도 제법 독특했다.

이븐을 필두로 러윅, 룰루랄라, 이즈, 호디르가 선택되었다.

탑 라인 피지컬 조합 비헉슨과 우지의 이븐을 제외하면 전부 조작이 쉬워 두 사람이 함께 하더라도 어느 정도 능력을 뽑아낼 수 있는 챔피언 조합이었다.

게임이 시작되고 라인전에서 우리의 키모와 비헉슨, 유지의 이븐이 만났다.

관건은 거리조절이었다.

좁힐 거리를 주지 않고 원거리 공격을 넣을 수 있으면 우리가 이긴다.

하지만 이븐에게 좁혀질 거리를 내주는 순간 근거리를 잡히면 한 방에 질 수도 있었다.

창과 창의 격돌인데 한쪽 창은 길고 다른 창은 날이 여러

개 더 달린 셈이다.

그나마 다행인 것은 리치 조절의 키포인트라고 할 수 있는 마우스를 내가 쥐고 있다는 점이었다.

우클릭으로 거리를 조절하며 마우스 포인트를 이브에 올려 다시 우클릭으로 공격을 넣었다.

키모 특유의 독 대미지가 묻는 기본공격이 계속해서 이브에게 적중했다.

다소 체력 압박을 받을 수밖에 없는 저 레벨 단계라 이브이 살짝 뒤로 빠져나가려는 모션을 취했다.

거리를 오히려 내가 좁히며 추가 타격을 가해야 하는 타이밍이었다.

"로아즈, W!"

"오우!"

적재적소에 원하는 스킬을 사용하는 것은 역시 불편했다.

나 혼자 플레이 한다면 생각을 전하고 받아들이는 과정 없이 바로바로 실행에 옮겨지지만 둘이 플레이를 하니 그런 과정이 생겨버렸다.

한 타이밍 늦은 스킬 활용으로 원하는 만큼의 체력 압박을 넣는데 실패했다.

비교적 매커니즘이 간단한 키모로도 이 지경인데 엄청난 피지컬이 요구되는 이브을 둘이 제대로 플레이하는 것은 거의 불가능해 보였다.

대회장은 거의 충격 상태였다.

압도적인 피지컬! 극에 달한 매커니즘!

그것이 무엇인가를 비혁슨과 유지가 보여주고 있었다.

"아아, 이븐이 후진입하죠! 탑과 미드라인 사이의 협곡에서 벌어진 교전이 커집니다!"

"궁극기를 활성화한 이븐의 콤보를 보세요!"

"매끄러운 평타 캔슬 스킬은 아니지만 수준급의 플레이가 나옵니다! 말씀드리는 순간 이블린 다운! 이븐이 도망치는 키모와 빅토리안을 추격합니다! 더블 킬! 트리플 킬!"

"세상에! 저게 두 선수가 플레이하는 이븐이 맞나요?"

비혁슨, 유지가 보여주는 이븐의 플레이는 거의 한 사람이 보여주는 플레이처럼 자연스러웠다.

바퀴가 삐걱거리는 카트레이싱 현장에 기름칠이 제대로 되어 매끄러운 바퀴를 지닌 카트가 출전하면 당연히 돋보이게 마련이었다.

비혁슨과 유지의 이븐이 바로 그런 기름칠 제대로 된 카트나 마찬가지였다.

트리플 킬을 시작으로 한타가 벌어지는 족족 킬 포인트를 쓸어 담으며 급격하게 기울어가던 경기를 팽팽하게 만드는 것에 성공한 이븐.

맵의 어느 지역에서든 마주치는 적은 한 번의 콤보로 녹여버릴 수 있을 만큼 강력해지고 말았다.

"이제부터 완벽한 전략 싸움이 시작될 겁니다. 팀 파이어가 오히려 전면전을 벌이면 불리한 위치에 놓이고 말았습니다."

"로아즈와 베놈 선수의 키모가 버섯 농사를 시작했죠?"

"그런데 독버섯을 심는 위치가 참 독특합니다?"

"적이 밟을 만 한 길목이나 전장이 될 대형 오브젝트 근처에 버섯을 심어두는 것이 정석적인 방법인데요. 저 위치는 어떤 의미가 있을까요?"

팀 파이어의 키모가 독버섯 폭발 대미지에 올인하듯 주문력을 챙기는 아이템 트리를 탔기에 버섯을 심는 위치가 아주 중요한 게임이었다.

그런데 지금 심는 위치는 모두의 예상을 빗나가는 위치였다.

"의도를 전혀 알 수가 없습니다."

버섯을 매설하는 위치는 팀 파이어 진영의 레드 정글 입구였다.

대형 오브젝트인 크래셔 남작 사냥 시에도 전혀 영향력을 행사할 수 없고 크래셔 둥지 근처에서 벌어질 대규모 한타 시에도 도움이 전혀 되지 않는 장소였다.

한 지역을 전략적으로 사용하기 위한 버섯 매설 작업은 꽤 오랜 시간이 걸리는 작업이었다.

버섯의 유지 시간은 충분히 길었지만 재사용대기시간과 막대한 마나소비량으로 인한 유지력에 문제로 꽤 오랜 시간을 공들여 작업해야 하는 것이다.

이 의미가 없어 보이는 지역에 로아즈와 베놈의 키모는 공을 들였다.

그리고 게임이 종반으로 넘어가는 시점.

드디어 양 팀이 크래셔 남작 둥지 앞에서 큰 싸움을 벌였다.

"드디어 맞붙습니다!"

"양 팀 탑 라이너가 애초에 텔레포트 스펠을 들고 있지 않았기 때문에 그냥 5:5의 전면전이 펼쳐집니다!"

"팀 파이어의 이니시에이터는 서포터로 출전한 나무요정이 담당하거든요? 탑 라이너 키모는 딜러 라인에 위치하고 있습니다! 어떻게 되나요!"

해설진의 목소리가 퍼져 나가는 순간 기이한 일이 벌어졌다.

팀 파이어에서 퓨어 탱커로 성장은 못 했지만 이블리와 함께 탱킹 라인을 담당해줘야 할 나무요정이 앞, 뒤를 가리지 않고 적진으로 뛰어든 것이다.

"아니 뭔가요! 나무요정!"

"탑 라이너가 아니거든요? 단단하지 못합니다!"

"뒤늦게 이블리가 합류하는데요?"

"빨려 들어가는 형국이죠!"

"이븐이 차례로 나무요정과 이블리를 잡아냅니다!"

결정적인 실책으로 앞 라인 챔피언 둘을 잃어버린 팀 파이어는 아무것도 할 수 없었다.

팀 아이스는 그대로 둥지 안으로 들어가 편하게 크래셔를 사냥했다.

종반에 달했기에 사냥 속도는 엄청났다.

"버섯 매설이 하나도 안 되어 있기에 편하게 싸울 수 있었죠! 팀 파이어 어떡합니까!"

팀 파이어의 키모, 빅토리안, 트이치까지 세 명의 딜러는 사냥 중인 팀 아이스를 지켜보며 둥지 밖에서 포킹 스킬로 견제에 여념이 없었다.

그렇게 순식간에 크래셔 사냥이 끝나고.

팀 아이스가 맹렬한 기세로 팀 파이어를 추격하지 시작했다.

◆

드디어 원하는 상황이 왔다.

아무리 이벤트 매치라지만 팀원들에게 고의적으로 뛰어

들어 죽으라는 오더를 내릴 땐 다들 나를 미친놈 바라보듯 봤다.

하지만 팀원들은 우리의 퇴로에 매설된 엄청난 독버섯 다발을 보며 내 오더를 따라주었다.

그렇게 나무요정과 이블리가 리스폰 대기 시간에 들어가면서 우리는 후퇴하지 않고 크래셔 남작 둥지 주변을 서성이며 적을 도발했다.

이븐의 엄청난 성장으로 지금 팀 아이스는 엄청난 자신감에 휩싸여 있을 것이 분명했다.

이렇게 살살 꼬드기면 분명 우리를 쫓아올 거라 생각했다.

특히나 중국 선수들이 포함된 팀 아이스라 엄청난 공격 본능을 지니고 있을 것이었다.

아니나 다를까.

"치고 나온다! 후퇴! 후퇴!"

크래셔 남작 버프를 허리에 두른 팀 아이스의 다섯 챔피언이 무섭게 쫓아왔다.

우리는 견제도 잊은 채 걸음아 나 살려라 도망치기에 여념이 없었다.

바로 이상황을 위한 설계였다.

독버섯을 우리의 퇴로를 든든히 지키고 있었다.

팀 아이스가 계속해서 밀고 들어오면 이 엄청난 수의

독버섯 밭을 지나야 했다.

전투력도 높다.

아군에 비해 숫자의 우세도 점하고 있다.

크래셔 남작 버프도 허리에 두르고 있다.

팀원 구성의 절반이 공격적인 성향을 지닌 중국 선수들
이다.

추격을 게을리 할 하등의 이유가 없었다.

우리의 퇴로를 따라 치고 들어온 팀 아이스 선수들이 독
버섯을 밟기 시작했다.

펑! 펑펑! 펑-! 펑펑! 펑!

사방팔방에서 터지는 독버섯은 똘똘 뭉친 팀 아이스 선
수들 전체에게 광역 대미지를 선사했다.

두 개 정도의 독버섯을 밟았을 때 퇴각했다면 아마 팀
아이스는 본인들의 이점을 그대로 지킬 수 있었을지 모른
다.

하지만 독버섯은 순간적인 버스트 대미지 형식이 아닌
지속적인 도트 형식의 딜이 들어가는 스킬이었다.

고작 두 개의 버섯을 밟은 걸로 경각심이 들지 않았던 팀
아이스는 그대로 정글로 밀고 들어오며 버섯 다발을 흠뻑
뒤집어 쓰고 말았다.

순식간에 골고루 절반의 체력이 닳아버린 적들을 보며
내가 외쳤다.

"덮쳐 버리자!"

그 신호에 맞춰 빅토리안의 궁극기와 광역 레이져 스킬, 트이치의 난사가 팀 아이스 선수들을 덮쳤다.

[적을 처치했습니다!]

[더블 킬!]

[트리플 킬!]

[쿼드라 킬!]

[펜타 킬!]

온갖 광역 스킬을 뒤집어 쓴 팀 아이스 선수들이 한 자리에서 펑펑 터져 나갔다.

트이치의 광역 난사와 빅토리안의 전기장, 레이져 대미지로 아슬아슬한 체력이 남은 적들은 급히 방향을 틀어 도망쳤지만 독버섯의 도트 대미지를 버틸 재간이 없었다.

완벽한 설계로 키모 독버섯 펜타 킬을 만들어내자 로아즈의 입이 귀에 걸렸다.

"오 마이 갓! 환상적인 펜타 킬이야!"

"치고 들어가! 끝내!"

동시에 죽어버린 다섯 명의 챔피언.

적진을 지키는 것은 아무것도 없었다.

이미 종반에 다다른 게임에 엄청난 대미지로 건물을

철거하는 건 딜러 셋이 살아남아 있는 우리에게 일도 아니었다.

이벤트 매치 다운, 올스타전에 어울리는 그런 펜타 킬을 기록하고 우리는 단 한방에 게임을 승리로 가져왔다.

◆

유리했던 경기를 뒤집혔다가 단 한 번의 전략적인 플레이로 승리를 거머쥔 팀 파이어.

그들의 승리 인터뷰가 진행되면서 베놈이라는 선수의 닉네임이 전 세계 팬들의 머릿속에 각인되었다.

[환상적인 오더였어요. 사실 게임 내내 오더가 없이 즐기는 마인드로 진행됐는데 중요한 순간에 나온 베놈의 오더가 게임을 완전히 뒤집었어요.]

[반신반의했죠. 프로게이머 생활을 하면서 고의적으로 뛰어들어 죽으라는 오더는 처음 봤으니까요. 이벤트전이니 따랐을 거예요.]

[돌이켜 보면 아무도 그들이 버섯을 그곳에 심는 걸 신경 쓰지 않았어요. 그냥 게임 자체를 즐기고 있었어요. 승패에 연연하지 않고 있었죠. 그런데 그 모든 게 전략적인 선택이었다니 역시 로아즈와 베놈이라고 할 수 있죠.]

[우리는 이미 게임을 즐길 만큼 즐겼고 그 전투가 승패를 가를 거란 사실을 알고 있었죠. 사실 베놈이 그런 오더를 내렸을 때에는 그냥 빨리 게임을 끝내려는 줄 알았다니까요.]

[애초에 베놈이 오더를 하기로 정해진 것도 아니었어요. 그런데 오더가 나오니까 다들 프로게이머의 본능처럼 따르기는 하더라고요. 결과적으로 이겼으니까 됐죠.]

팀 파이어 선수들의 인터뷰 내용을 전부 편집하면서 많은 관계자들의 머릿속에도 베놈이라는 닉네임이 확실하게 각인되었을 것이었다.

그 어떤 선수도 인터뷰 중 베놈이라는 닉네임을 한 번도 꺼내지 않은 이가 없었다.

이런 현상은 비단 팀 파이어만의 문제는 아니었다.

[한타가 벌어지고 그 자리에 버섯이 없다는 것을 눈치 챈 다음 무리한 추격을 하지 말았어야 했던 거죠. 그렇다고 하더라도 설마 그곳에 버섯이 그렇게나 많이 심어져 있을 거라곤 아무도 예상하지 못했어요.]

[여러모로 노림수에 제대로 당했다고밖에 변명할 수 없어요. 우리는 자신감이 충만했고 누가 봐도 이기는 상황이었으니까요. 설마 나무요정과 이블리가 일부러 들어와서 죽어준 거라고 생각했겠어요?]

[너무 맛있게 차려진 밥상이었죠. 메인 쉐프는 베놈이었고요. 스타일리쉬한 오더였어요.]

[중국 선수들 특유의 공격성을 염두에 둔 오더였다면 그는 오더의 천재입니다.]

[이벤트 매치에 어울리는 챔피언과 게임이었어요. 거기에 아주 적합한 전략꾼이 있었던 거고요. 전 세계 모든 로크 팬들이 동감하시겠지만 키모는 싫어요.]

[명장면을 만들어 내고 패배했으니 후회는 없어요. 다시 그 상황으로 돌아간다고 해도 우리는 아마 적을 추격할 겁니다. 완벽한 상황이었으니까요. 당분간 버섯 스프는 먹지 않으려고요.]

워낙 임팩트가 강력했던 한타 장면이었다.

전 세계 공식전 최초의 키모 펜타 킬이기도 했으니 계속해서 해당 장면이 회자되는 건 어쩔 수 없는 일이었다.

세 번째 게임에서 출전한 다른 선수들의 경기도 재미는 있었지만 브레이커가 출전했다는 것을 제외하면 로아즈와 베놈이 보여준 키모 펜타 킬에 비할 임팩트는 전혀 없었다.

어쨌거나 세 번의 경기로 총 스코어 2:1 팀 파이어가 앞서는 상황.

이제 올스타전 첫 번째 날의 공식 1부 순서가 끝나고 각

국가의 올스타 선수들이 팀을 이루어 대결하는 2부 순서가
남아 있었다.

이 경기 첫 번째 대한민국의 일정으로 중국 올스타와 맞
붙는 한중전이 예정되어 있었다.

◆

유럽 올스타가 뜻밖의 복병인 와일드카드 국가 올스타
연합에게 패배하면서 팀 아이스가 포인트를 앞서는 상황.

두 번째 경기로 우리 대한민국 올스타와 중국 올스타의
경기 순서가 다가와 있었다.

이 경기에서 승리를 거둬야 팀 파이어 포인트 합산이 세
번째 경기 결과와 상관없이 앞선 상태로 대회 1일차를 마무
리 지을 수 있어 중요한 경기였다.

거기에다 전 세계에서 가장 큰 규모의 로크 리그를 운영
하고 있는 국가적 라이벌 관계에 놓인 중국전이라 그 어떤
팬들도 우리의 패배를 달가워하지 않을 것이 분명했다.

다른 스포츠에 비교하면 한일전이나 마찬가지의 라이벌
의식을 지닌 로크 한중전이라 우리도 나름 진지하게 경기
를 준비했다.

"올라운더 포지션은 어떤 라인으로 출전해도 상관없는
포지션이니 우리 베스트 멤버는 내가 선정해도 되겠지?"

장노철 감독의 말에 선수들이 동의의 뜻을 내비쳤다.

일단은 나를 기용하겠다는 의사가 다분히 포함된 발언임에도 선수들은 흔쾌히 고개를 끄덕였다.

장노철 감독이 말을 이었다.

"탑 라인으로 권진욱이 출전하고 나머지 포지션은 그대로 나가는 거야. 정글러 안상규, 미드라이너 이상현, 원딜러 최강진, 서포터 홍만기. 이상."

공식적으로 내가 올라운더 포지션으로 변경된 이후 첫 번째 출전하는 포지션은 탑 라이너였다.

비교적 안정적인 플레이도 가능하고 캐리력 있는 탑 라인 챔피언을 이용하면 강력한 영향력도 행사할 수 있는 중요한 포지션이었기에 마음에 들었다.

게다가 최근 폭발적인 유행중인 소나무 메타도 내가 가장 먼저 시작했기에 숙련도에도 자신이 있었다.

그렇게 출전을 준비하고 있는데 브레이커 이상현의 질문이 이어졌다.

"챔피언은 감독님이 정해주는 롤에 따라서 정해지나요?"

선수들의 귀가 기울여졌다.

이벤트 매치이지만 승리를 위한 거라면 자유로운 챔피언 선택은 제한될 수밖에 없었다.

장노철 감독이 말했다.

"밴픽까지만 보고 결정하자. 중국 올스타 밴픽이 어떻게 나오느냐에 따라 분위기가 달라지겠지?"

자유 선택의 여지도 남아있다는 말이었다.

그러면서도 장노철 감독은 출전 기회를 잃은 샤이가이를 달래는 것을 잊지 않았다.

"다음 경기에는 출전할 수 있으니까 실망하지 말고."

"네, 감독님."

게이머라는 이름 앞에 프로라는 수식어가 괜히 붙는 것이 아니었다.

더구나 프로게이머들 중 올스타로 뽑히기까지 거쳐 온 선수라면 당연히 프로의식은 그에 어울리도록 갖춰져 있는 것이 당연했다.

출전 기회라는 것은 늘 자신에게만 주어지지 않는다는 걸 잘 알기에 샤이가이 박상민은 빠르게 수긍했다.

마침내 경기 시간이 다가와 우리는 경기 부스에 앉았다.

탑 라이너 자리에 앉아보는 것은 처음이라 조금 색다른 느낌이 들었다.

선수들 가운데 위치한 미드라이너 자리와는 다른 고독함이 느껴졌다.

밴픽 페이즈가 시작되고 중국 올스타가 먼저 밴 카드를 활용했다.

그들의 첫 번째 밴은 그림자의 주인 제이드였다.

브레이커 이상현을 견제하는 밴으로 이벤트 매치에서 나올법한 카드를 잘라내는 것이었다.

장노철 감독이 말했다.

"페인 먼저 자르자 그래도 유지의 캐리력은 무서우니까."

그렇게 우리는 페인을 잘랐다.

중국 올스타 중 가장 영향력이 막강한 유지를 견제하는 것으로 서로 한 번씩 주고받은 셈이 되었다.

이후 이어진 중국의 밴 두 개는 소나무였다.

카우스타와 나무요정을 잘라 버리며 탑 라인을 견제했다.

비단 나를 견제한다기보다는 현재 가장 유행 중인 메타의 중심을 견제하는 의미였겠지만 그래도 탑 라이너 좌석에 앉아 브레이커 이상현 보다 많은 두 개의 카드를 이끌어 낸 것에 만족감이 들었다.

돌아온 픽 순서.

장노철 감독이 선수들에게 말했다.

"주요 챔피언 하나씩 주고받았고 메타 핵심만 잘라 냈으니까 이벤트 매치와 어울리는 게임을 하고 싶다는 메시지겠지? 자유 픽 하고 마음껏 누린 다음 승리를 가져오자."

요약하자면 아무거나 골라도 되는데 이기라는 주문이었다.

우리는 그 말에 수긍하고 각자 픽할 챔피언들을 고민하기 시작했다.

그래도 어느 정도 상대 픽을 보고 맞춰가야 하는 탑, 미드, 원딜 포지션을 배려해 정글러와 서포터를 먼저 고르기로 선수들끼리 커뮤니케이션이 되었다.

그 중 우리의 선 픽 순서에 고른 챔피언은 바로 고철로봇이었다.

와아아아아아아아아아아아아아-!

밖에서부터 들리는 팬들의 함성과 환호가 매드라이트 홍만기의 네임밸류를 인증해 주었다.

공식전에서 고철로봇을 가장 드라마틱하게 사용하는 선수이기도 했고 그랩 류 챔피언의 신이라고 불리며 매멘이라는 용어까지 만들어낸 매드라이트 홍만기였다.

점점 고도의 전략이 요구되기도 하고 성능 좋은 챔피언들이 많이 등장하며 리그에서 찾아볼 수 없는 챔피언이 된 고철로봇의 향수를 이렇게 이벤트 경기에서나마 느낄 수 있게 된 팬들은 환호로 보답해주었다.

다음 선택지에서 상규가 고른 챔피언은 나탈리였다.

전수는 내게 받았지만 공식전에서 가장 멋진 장면을 많이 만들어낸 나탈리의 최강자는 단연코 상규였다.

최근 여러 메타의 혼합으로 붙박이 정글러의 면모는 희석되고 있지만 여전히 엄청난 성장 속도 하나로 또 하나의 라이너가 될 수 있는 챔피언이라 상규가 오랜만에 꺼내든 모습이었다.

차례로 픽 순서가 이어지면서 내 차례가 왔다.

아무래도 적으로 만난 중국 팀의 에이스가 원딜러 유지이다 보니 그를 맞상대해야 하는 최강진에게 조금 더 힘이 실렸고 내가 아직은 브레이커 이상현의 세계적인 이름값에 비벼볼 짬밥이 안 되다 보니 자연스레 세 번째 순서였다.

어떤 챔피언이 좋을까?

기본적으로 탱커류 챔피언이 굉장히 암울한 메타에서 소나무가 잘린 상황.

캐리력이 뒷받침 되는 탑 챔피언을 사용하는 것이 좋아보였다.

많은 챔피언들이 머릿속을 스치고 지났다.

가장 무난하고 조건에 들어맞는 챔피언은 파이어럼블과 제넨이었다.

공격적이고 한타에 특화된 궁극기까지 지니고 있기에 공식전에서 많이 나오는 챔피언이었다.

그러나 이벤트이며 축제인 올스타전에서 그런 챔피언을 선택해 나의 역량을 보여주고 싶지는 않았다.

올라운더 포지션의 첫 출전은 뭔가 화려했으면 했다.

그런 고민 끝에 내가 선택한 챔피언은 피이즈였다.

아직은 탑 라인에서 AD 아이템 트리를 이용한 딜탱형 라이너로 사용이 흔하지 않은 때였다.

거기에 더해 피이즈만이 가능한 특별한 스펠.

점화, 텔레포트로 운영과 라인전까지 두 마리 토끼를 잡을 수 있는 선택이었다.

아마도 게임이 끝나기 전까지 모두 내가 미드라이너였다는 점을 떠올리며 피이즈 선택을 납득하려 하겠지.

다음으로 이어진 원딜 순서.

최강진은 별 다른 고민을 하지 않고 트이치를 선택했다.

바야흐로 하드캐리 원딜의 시대가 도래하는 느낌이었다.

최근에는 특히나 트이치나 코그마같은 픽들이 원딜러들에게 사랑을 받는 시대였다.

탑, 정글, 미드, 원딜까지 모두 준수한 캐리력을 갖춘 챔피언을 플레이 하면서 스타일리쉬하고 변화무쌍한 플레이가 가능한 메타가 온 것이다.

어쨌거나 우리 팀의 전체적인 구색이 갖춰지고 마지막 브레이커 이상현의 미드라이너 선택 순서.

아마도 밖의 많은 팬들이 기대하는 것만큼이나 나 역시 그의 챔피언 선택이 기대가 되었다.

이상현은 이븐을 미드라인에서 사용하며 멋진 모습을 보여준 전례가 있었다.

그것도 다른 무대가 아닌 로크 월드 챔피언십 무대에서 말이다.

이벤트 매치에서는 누구보다 팬들은 위한 픽을 잘 선택하는 선수 중 하나였다.

그런 기대감을 충족시켜줄 수 있을까?

바로 이어지는 픽 순서에 이상현의 닉네임 옆으로 한 챔피언의 초상화가 떠올랐다.

그것은 아무도 예상치 못했던 챔피언이었다.

바로 올라크.

이상현은 미드라인에서 올라크를 꺼내들었다.

나조차도 예상하지 못했던 픽이었다.

한 번도 못 봤던 픽인가?

그렇게 물으면 그건 또 아니었다.

전생의 기억에 떠오르는 모습이 있었다.

그 때에도 브레이커 이상현은 미드라인에서 올라크를 꺼내들었다.

심지어 그 때의 무대도 일반적인 경기나 이벤트 매치가 아닌 로크 월드 챔피언십 대회 경기였다.

그리고 이상현은 미드 올라크로 그 게임을 캐리했다.

분명 기억 속에 있는 픽이지만 큰 위화감이 들었다.

미드 올라크를 이 게임에서 꺼낸 이유가 무엇일까?

적의 미드라이너는 야소를 꺼내들었다.

단지 상대하기 쉽기 때문에?

아니다.

단언컨대 그런 이유로 올라크를 꺼낸 것이 아니다.

이상현 정도 클래스에 오른 선수라면 미드 야소를 상대로 훨씬 더 강력한 힘을 후반까지 뿜어낼 수 있는 미드라인 챔피언을 많이 다룰 수 있었다.

그럼에도 불구하고 올라크인 이유는 뭘까?

답은 내 닉네임 옆에 있는 피이즈의 초상화 때문이라는 생각이 들었다.

일반적으로 피이즈는 미드, 올라크는 탑이나 정글로 많이 예상한다.

이런 상황에 탑 피이즈에 미드 올라크?

그 누구도 단번에 예상할 수 없는 조합일 것이 분명했다.

더구나 이런 시기에 말이다.

나는 미드 올라크를 선택하며 회심의 미소를 짓는 브레이커 이상현을 보며 한 가지를 깨달을 수 있었다.

데뷔 후 줄곧 정상을 차지하고 최강자의 칭호를 독점했던 로크의 황제인 그였지만 단 한 번도 성장을 멈춘 적이 없었다.

그는 역경이 나타나면 딛고 일어섰으며 장애물이 나타나면 훌쩍 뛰어 넘으며 성장하고 성장했다.

내가 새로운 삶을 살며 그를 만났다고 해서 그가 이상현이 아닌 것은 아니다.

이상현이라는 인간 자체가 어려움을 발판으로 성장하는 부류의 인간이라면 저 녀석도 마찬가지다.

내가 나타남으로 인해 준우승에 머물러야 했던 이상현.

로크의 패치 환경이 나의 등장으로 인해 가속화 되었듯 브레이커 이상현의 성장에도 가속이 걸린 것이다.

순간적으로 온 몸에 소름이 돋았다.

강력한 피지컬과 매커니즘, 상황 판단력 등 그를 최고의 자리로 이끈 재능은 물론이고 이제는 밴픽 페이즈에서 적을 혼란스럽게 만들 수 있는 전략적인 수까지.

나의 전유물 같았던 영역을 그가 넘어오고 있었다.

◆

올스타전 첫 번째 날 펼쳐진 한중전.

많은 이들의 최고 관심사인 이 경기를 한 마디로 표현할 수 있는 단어는 그리 많지 않았다.

그 중에서도 가장 적절한 단어를 꼽으라면 '난장판'.

경기는 말 그대로 난장판이었다.

애초에 공격적인 성향이 짙고 일단 눈에 적이 보이면 싸우고 보는 중국 선수들 특성 상 크고 작은 교전이 게임 내내 계속해서 펼쳐졌다.

"탑 라인에서 교전이 벌어집니다! 정글러의 개입으로 펼쳐지는 2:2 싸움!"

"맵을 보세요! 지원하러 올라가던 양 팀의 미드라이너가 협곡에서 마주쳤습니다! 여지없이 싸우는 군요!"

"탑 라인 교전은 어떻게 되고 있나요! 베놈 선수의 피이즈가 점화를 들고 있기 때문에 훨씬 유리해 보이는데요!"

"잠시만요! 협곡에서 야소가 패퇴합니다! 올라크의 추격전이 펼쳐지는데요!"

동시다발적인 교전으로 인해 옵저버 화면은 정신없이 맵 전체를 오갔다.

"올라크 추격 실패!"

"곧바로 탑 라인 합류를 위해 올라갑니다! 야소는 본진으로 귀환하는 군요. 탑 라인 상황은 어떤가요?"

"피이즈와 나탈리의 능숙한 어그로 분배! 점화를 이용해 적 정글러 수도승을 잡아냅니다! 피오나는 포탑 뒤로 피신!"

"하지만 도망을 갈 수가 없습니다! 뒤를 잡은 올라크가 다가오는데요! 3인 다이브 플레이를 감행합니다!"

"아아! 피오나 다운! 피이즈 더블 킬!"

그냥 이렇게만 끝나 준다면 참 편하고 좋았을 텐데 옵저버의 손도 해설진의 목도 쉴 시간을 주지 않는 선수들이었다.

"탑 라인 상황이 정리되자 바텀에서 교전이 펼쳐집니다!"

"2:2 진검승부!"

"본진으로 귀환했던 야소가 바텀 지원을 위해 곧장 내려가는데요?"

"싸움이 길어지면 좋지 않아요. 팀 파이어!"

"매드라이트 선수의 그랩!"

"적중했습니다! 어느 쪽이 먼저 쓰러지나요!"

치열한 대립.

처절한 전투.

이 모든 과정의 부정적인 결과는 계속해서 중국 올스타 선수들에게만 기울었다.

"최강진 선수의 피지컬! 킬을 기록하고 추격합니다!"

"야소가 거의 도착했어요. 반격을 가하나요?"

"말씀드리는 순간 본진으로 귀환했던 피이즈의 텔레포트!"

"아니, 세상에 점멸을 들지 않고 점화와 텔레포트 스펠을 사용해서 이런 플레이를 펼치나요! 졸지에 합류했던 야소마저 포탑 안에 갇힌 상황!"

"점멸을 들지 않는 플레이는 정말 피이즈만이 가능한 플레이죠! 재간둥이 스킬 하나로 모든 변수를 만들어낼 수 있으니까요!"

그렇게 진행된 상황 안에서 다시 이득을 가져가는 것은 베놈 권진욱의 탑 라인 피이즈였다.

"야소까지 다이브로 잡아내는 팀 파이어!"

"피이즈가 순식간에 탑, 바텀 교전을 오가며 무려 네 개의 킬 포인트를 챙겼습니다!"

"굉장한 활약입니다! 도대체 누가 피이즈를 탑 라이너로 활용할 거라고 생각했을까요!"

"올라크가 미드로 내려갈 것은 아무도 예상을 못 했죠!"

"아마 저것도 예상을 못 했을 겁니다. 피이즈 아이템 트리를 보세요. 세 개의 힘 아이템으로 공격 아이템은 끝입니다. 곧바로 태양의 갑옷을 올리면서 탱킹형 아이템을 두릅니다."

"스킬 구성 상 딜이 안 나오는 챔피언이 아니거든요? 적절한 공격력과 적절한 탱킹력을 두루 갖추면서 어그로 핑퐁으로 징그러운 브루저가 될 수 있어요!"

"올 라운더로 전향한 베놈 선수의 피이즈 해석은 이렇게 되는 건가요!"

"그렇습니다. 공식전 기록을 살펴보면 미드라인에서는 피이즈를 잘 사용하지 않았거든요! 저 선수는 탑 라인에 더 어울리는 챔피언이라고 생각하는 것 같아요!"

연속해서 펼쳐지는 피이즈의 화려한 퍼포먼스!

그렇게 이 게임의 주인공은 다시 한 번 베놈 권진욱이

되는가 싶었는데 이 모습을 가만히 보고만 있을 브레이커 이상현이 아니었다.

"드래곤 서식지 앞에서 펼쳐지는 5:5 한타!"

"나탈리, 트이치, 고철로봇 라인이 뒤에서 보조하며 피이즈와 올라크가 적진 한가운데로 자신 있게 파고 들어갑니다!"

"성장격차 덕분에 튼튼한 맷집을 앞세워 적진을 붕괴시키는데요! 원딜을 찾아 동시에 물어뜯는 베놈과 브레이커! 손발이 너무 잘 맞는 것 아닙니까! 찰떡궁합입니다!"

"괴물같이 성장한 피이즈와 올라크가 미친 듯이 달려드는데 원딜 챔피언이 도대체 무슨 수로 버티겠습니까!"

"올라크의 킬 포인트! 다음 타겟! 곧바로 서포터를 노립니다!"

"피이즈와 올라크의 협공!"

"그 와중에 팀 파이어 대한민국 올스타 진형에 파고든 피오나와 야소가 똑같은 난장을 피우는데 어림도 없습니다!"

"매드라이트 선수 고철로봇의 전자기장!"

"순간적인 침묵으로 아무것도 할 수 없는 피오나와 야소!"

"어시스트 포인트를 먹고 차근차근 성장한 나탈리와 트이치가 단숨에 정리해버립니다!"

한타 대승!

이쯤 되면 한타를 피하고 성장에 몰두한 다음 극후반을 노리는 것이 지극히 당연한 플레이였다.

하지만 공격성에 지배당해버린 중국 선수들의 광포한 플레이는 끝을 몰랐다.

곧바로 맵 전체에서 마주치는 선수들 사이에 다시 한 번 소규모 교전이 펼쳐졌다.

패배! 패배! 패배! 그리고 또 패배!

중국 선수들은 계속해서 이기지 못할 싸움에도 맹렬하게 달려들었고 결국 너무나도 크게 벌어진 격차를 감당하지 못한 채 불도저처럼 밀어 붙이는 한국 선수들에게 게임을 내주고 말았다.

대부분의 중국 팬들은 이벤트 매치인 만큼 많은 킬 포인트가 나오는 재미난 경기를 위해 중국 선수들이 특유의 화끈한 공격성을 보여준 거라고 말하며 경기를 포장하기 바빴다.

경기가 끝나고 발표된 매치 MVP 발표 시간.

이번 경기에서 가장 멋진 활약을 펼친 선수로는 베놈 권진욱이 선정되었다.

그리고 이것이 엄청난 구도의 도화선이 되었고 온라인 커뮤니티에서 전 세계의 팬들이 불을 붙이기 시작했다.

[올 라운더 포지션 선수로서 성공적인 탑 라인 데뷔전을 치른 것은 축하 할 일이지만 브레이커의 올라크는?]

[미드라인 올라크는 어떻게 되는 거지?]

[그래도 피이즈가 훨씬 대단한 퍼포먼스를 보여준 건 사실이야. 올라크는 아쉽게 되었어.]

[그럴 리가! 올라크가 든든하게 받쳐주지 않았다면 피이즈의 활개 치는 모습도 나올 수 없었어.]

[피이즈와 올라크는 잘 모르겠지만 플레이한 선수가 브레이커라고! 당연히 MVP를 받아야 하는 거 아닌가?]

[피오나를 혼자 씹어 먹은 피이즈가 오롯하게 베놈의 실력이었을까? 올라크가 상대인 줄 알고 AD 방어 룬을 장착한 피오나를 피이즈가 이겼을 뿐이잖아?]

[이봐. 피이즈도 AD 아이템과 탱킹 아이템을 사용했다고. 무엇보다 점멸을 포기한 스펠 센스도 참신했어. 인정하라고.]

[피이즈의 KDA를 봐. 올라크보다 월등하게 좋아.]

[세상에! 아직도 KDA 신봉자가 있었다니? 게임의 내적인 면이나 외적인면 모두 올라크의 역할은 충분하고 넘칠 만큼 해냈어.]

[맞는 말이야. 탑 라인이나 정글로 나온 올라크도 어쩌다 한 번 보여줄 법한 캐리를 보여줬어. 그것도 미드라인에서!]

웬만한 세계 팬들은 멋진 플레이를 펼치고도 MVP를 놓친 브레이커 이상현을 옹호하는 반응으로 일관했다.

대한민국 로크 챔피언스 리그의 결과를 보고 브레이커의 준우승을 탐탁지 않게 여기던 세계 팬들이다.

그들에게 있어서 아직도 세계 최강은 브레이커였으니까.

한국에서와 다르게 최고의 플레이를 보여주고 MVP까지 선정되었음에도 의도치 않은 미움을 사게 된 베놈 권진욱은 이번 세계무대 출전의 의의를 다시 한 번 머릿속에 새겼다.

◆

그나마 내 편을 들어주고 내 플레이를 인정해주는 극소수의 팬들이 있다는 것에 만족해야 하는가?

그럴 수는 없었다.

욕심 많은 내가 이럴 땐 참 야속하기도 하다.

축제이고 이벤트이며 올스타로 선정된 것만으로도 영광스러운 일이었으니까.

거기에서 만족하면 편한데 이 놈의 욕심이 나를 가만히 놔 주지 않았다.

이 한 번의 무대로 브레이커 이상현의 아성을 뛰어넘기에는 그가 쌓아둔 탑이 너무나도 높았다.

그렇다면 다음 세계무대에 돌아올 나를 기대할 수 있게 끔 공 든 탑 아래에 이름 정도는 새겨두고 가야겠다는 생각이 들었다.

애초에 올스타전 진출을 욕심낸 이유가 세계에 내 이름을 알리기 위함이었으니까.

그래, 이해한다.

이제 막 데뷔해서 어쩌다 운 좋게 우승하고 어쩌다 새 포지션이 추가되며 올스타전에 나온 신인 선수가 너희들의 신 브레이커의 영역을 넘보는 게 아니꼽겠지.

프로는 실력으로 말하는 법.

성장하는 브레이커의 역량에 맞춰 나도 성장해야 했다.

더 나만의 색을 짙게 표현하면서 팬들에게 나라는 존재를 각인 시켜야 했다.

남은 올스타전 일정에서 가장 충격적으로 세계 팬들에게 내 이름을 각인시킬 방법은 무엇인가?

깊게 고민할 필요도 없이 바로 떠올랐다.

피지컬, 메카닉의 제왕 브레이커.

그를 1:1 매치 결승전에서 꺾었을 때의 임팩트가 전 세계를 강타할 수 있는 방법이었다.

대회 둘째 날.

어제의 결과로 이미 포인트 격차가 제법 벌어진 상황이

라 팀 파이어 선수들 입장에서는 제법 여유가 있었다.

덕분에 더욱 즐기는 마인드로 즐거운 게임을 팬들에게 보여줄 수 있었다.

그러나 개인전 상금이 따로 있는 만큼 개인전에 대한 선수들의 욕심과 승부욕은 어마어마했다.

두 개 진형에 상관없이 오롯이 개인의 능력으로 평가받을 수 있는 개인전 무대는 또 다른 재미를 보장했다.

첫 번째 날은 기본적으로 많이들 알고 있는 1:1 특화 챔피언과 스펠 조합이 득세를 했다면 둘째 날이 된 오늘부터 슬그머니 선수들의 히든카드가 공개되기 시작했다.

많은 부류가 있었는데 그 중 가장 많은 부분을 차지한 것은 상대방이 사용할 법한 특화 챔피언을 카운터 하는 방향의 선택이었으며 드물게 전략적인 챔피언을 들고 나오는 선수들이 나타나며 한 층 재미를 더했다.

"대한민국 올스타 정글러로 올 해 세계무대에 데뷔한 안상규 선수는 참 영리한 플레이로 승리를 가져갔습니다."

"그렇습니다. 1:1 매치 승리 조건이 무조건 킬 포인트를 가져오는 것으로 한정되어 있지 않거든요? 상대방의 포탑을 먼저 부수거나 CS 100개를 먼저 채우면 되는 거예요."

"그 점을 공략한 거죠. 안전하게 파밍이 가능한 오르가나를 선택하며 임팩트는 크지 않았지만 확실한 승리를 가져갔어요. 참 영리한 전략이 아닐 수 없습니다."

"전략이라고 하면 떠오르는 건 원래 유럽 선수들이었죠? 전 세계 어느 리그보다 많은 시도를 하는 성향이 짙었으니까요. 그러나 새롭게 전략이라는 단어에 연상되는 선수가 있습니다. 바로 대한민국의 베놈 선수죠! 그런 선수와 한솥밥을 먹는 만큼 안상규 선수의 전략성도 꽤 뛰어날 겁니다."

"안상규 선수의 오르가나 선택 말고도 재미있는 선수들의 픽과 운영이 많이 나왔죠?"

해설진은 이후로 계속해서 깜짝 등장한 전략이나 신선한 픽을 소개했다.

1:1 매치의 단골손님인 '매 조련사'가 판을 치는 상황에서 등장한 유럽 올스타 선수의 카운터 픽 올라크가 등장하며 도끼 일격에 1킬이라는 가공할 만 한 모습을 보여줬다.

이외에도 1:1 라인전의 최강자 팡테온을 저격한 북미 선수의 파이어 럼블 픽이 있었다.

팬들을 위해 선수들이 그 챔피언을 선택한 이유와 과정을 설명하는 단계가 지나고 기다리던 다음 경기.

출전하는 선수는 모두의 관심을 집중시킬 이유가 충분했다.

"다음 경기가 준비 되었군요!"

"대한민국 올스타이자 첫 번째 올 라운더 포지션을 장식한 베놈 권진욱 선수와 중국 올스타! 영원한 중국의 에이스 유지 선수의 경기입니다!"

태초부터 지금까지 어쩌면 앞으로도 계속 이어질 것 같은 대립이 아닐까?

지력과 무력의 대립.

이 경우로 비추어 보자면 게임 내에서 변화무쌍한 전략과 새로운 챔피언 조합을 가진 지능형 선수와 챔피언 조작에 관여된 피지컬과 메카닉에 특화된 피지컬형 선수의 대립이었다.

누구나 쉽게 예상할 수 있었다.

유지는 여느 때와 마찬가지로 우직하고 강력한 챔피언을 다룰 것이고 베놈은 아마도 그런 유지의 성향을 이해한 다음 카운터나 킬 포인트가 아닌 다른 승리 조건을 노릴 것이란 사실을 말이다.

"정말 흥미진진한 경기가 아닐 수 없죠! 많은 분들께서 궁금해 하는 빅 매치! 베놈 선수와 유지 선수의 맞대결을 지금 시작합니다!"

화면이 두 선수의 비하인드 픽으로 넘어갔다.

선수들은 서로 어떤 챔피언을 상대해야 할지 알 수 없는 상태에서 자신의 챔피언을 골라야했다.

먼저 챔피언을 결정한 것은 유지였다.

"아아! 루시앙을 선택하는 유지 선수! 거의 필살기를 꺼내든 것과 마찬가지죠."

"여러모로 원딜 챔피언이 다소 유리한 룰이거든요? 딜 교환을 할 때에도 유리하고 견제를 하거나 혹은 견제를 피하면서 파밍하기도 편하고 포탑을 두드리기도 수월하니까요."

"그래서 AD캐리 포지션의 선수들이 항상 좋은 성적을 보여주는 거죠. 그 중에서도 피지컬 능력이 최고로 평가 받는 유지 선수가 1:1 상황에 매우 강력한! 그것도 원거리 딜러 챔피언인 루시앙을 선택했습니다."

"이렇게 되면 베놈 선수의 선택이 정말 중요해지는데요."

베놈 권진욱의 선택은 매우 신중했다.

여러 챔피언의 얼굴을 보여주고 있었는데 대부분 파밍에 집중된 라인 클리어형 챔피언이었다.

역시나 정면승부를 피하고 영리한 승리를 챙기려는 듯 보였다.

이 순간 팬들의 머릿속을 채우는 챔피언은 바로 오르가나였다.

아무래도 누가 누구에게 영향을 주었든 베놈 권진욱과 미스터 큐 안상규는 서로에게 영향력을 끼칠 수밖에 없다는 생각이 들었기 때문이다.

그러나.

막상 제한 시간이 다가오며 베놈 권진욱이 확정한 챔피언은 모두의 예상을 깨는 선택이었다.

"아니! 베놈 선수! 예상을 뒤엎는 선택입니다!"

"그라카스가 나옵니다! 1:1 매치에서 그라카스가 나올 거라고는 생각지 못했는데요!"

"사실 그라카스가 근접 전사 형태로 리뉴얼 되면서 탑 라인으로 올라가 좋은 모습을 보여줬죠? 라인전 능력이 그만큼 준수하다는 반증인데요. 이건 베놈 선수 성향에 비추어 볼 때 확실히 예상을 뒤엎는 선택이 맞습니다!"

"그라카스를 고른 선수가 베놈 선수라는 사실 때문에 어떤 라인전이 펼쳐질지 예언하기가 참 조심스러운데요…."

충분히 그럴 수 있었다.

일반적으로 다른 선수가 그라카스를 골랐다면 주문력 아이템을 적당히 구비해서 배치기와 점멸을 이용한 콤보로 스타일리쉬하게 킬 포인트를 노리는 플레이를 예상할 것이었다.

그라카스는 어떤 라인전 강캐를 상대해도 압도적으로 이길 수는 없었지만 반대로 압도적으로 밀리는 챔피언도 아니었다.

말 그대로 피지컬을 이용해 상황을 유리하게 이끌겠다는 자신감이 없고서야 꺼내기 힘든 챔피언이라는 말이다.

"그라카스는 본인의 공격력을 올려주는 버프 스킬을 제하면 궁극기를 포함한 모든 스킬이 논타겟 스킬입니다. 그만큼 피지컬 능력이 매우 중요하게 여겨지는 챔피언인 거죠."

"과연 베놈 선수가 루시앙을 상대로 그런 강력한 모습을 보여줄 수 있을까요?"

"완벽하게 손 싸움이 될 거라고 생각합니다."

"그렇죠. 그라카스가 붙을 거리만 유지된다면 특유의 스킬 콤보와 유지력으로 루시앙 정도는 가볍게 이길 수 있어요. 반대로 거리를 좁히는 것에 실패하면 루시앙에게 영원히 고통만 받다가 게임이 끝날 겁니다."

어떻게 보면 그라카스의 기용은 이기겠다는 것보다는 지지 않겠다는 의지가 뚜렷하게 드러나는 선택이었다.

그러나 다른 선수도 아닌 유지를 상대로 다른 선수도 아닌 베놈이 꺼내들었다는 것만으로도 충분히 팬들의 기대를 끌어 모을 수 있었다.

이윽고 경기가 시작되었다.

서리바람 나락 맵의 단 한 개뿐인 라인으로 눈 덮인 맵이 드러나고 서로의 챔피언을 확인한 선수들의 얼굴이 잡혔다.

베놈은 웃고 있었고 유지 역시 예상밖이라는 듯 미소를 머금고 있었다.

두 선수는 서로 보이스 채팅이 되는 상황.

언어가 서로 원활하게 통하지는 않았지만 더듬더듬 영어 단어를 이용해 의사소통을 하고 있었다.

"두 선수의 첫 번째 아이템이 뭐가 될지 참 궁금했는데요.

일단 무난하게 시작합니다. 유지 선수는 오란의 검, 베놈 선수는 오란의 방패네요."

"그라카스 오란의 방패 선택이 마냥 수비적인 운영으로 나갈 거라고 단정할 수는 없습니다."

"그렇죠. 일단은 다음 아이템을 뽑기 위해 파밍이 선행되어야 하는데 유지력 면에서 오란의 링보다는 오란의 방패가 훨씬 괜찮은 선택입니다."

"룬과 특성은 전혀 수비적이지 않아 보입니다. 주문력이 기본적으로 더 높아요. 공격적으로 플레이 할 건가요? 지켜봐야겠죠? 궁금합니다."

이윽고 시작된 라인전.

기본적으로 원거리 공격이 가능한 루시앙에게 초반 주도권은 보장되어 있었다.

이번에도 마찬가지였다.

베놈의 그라카스는 기본 공격을 한, 두 대 얻어 맞으면서 전투병 막타를 노리는 방식으로 운영하면서도 체력이 어느 정도 닳게 되면 술통을 굴리면서 패시브를 활용해 체력을 유지했다.

오란 방패의 선택도 탁월했다.

기본적으로 루시앙의 공격이 대미지를 100% 발휘할 수 없었던데다가 체력 회복량을 높여주는 옵션도 붙어 있어 전투병 뒤편에서 대기할 때 빠르게 체력을 채울 수 있었다.

그러나 이런 요소는 그저 부수적일 뿐.

피지컬 최강의 원거리 딜러 포지션을 담당하는 유지가 원거리 챔피언 루시앙을 잡았을 때 보여줄 수 있는 최고의 플레이가 계속해서 펼쳐졌다.

"견제! 막타! 견제! 막타! 유지 선수 텐션을 전혀 놓고 있지 않습니다. 정말 대단한데요?"

"오란의 방패를 선택한 그라카스의 유지력이 점점 밀리고 있죠? 유지 선수 어쩜 저렇게 거리 조절을 기가 막히게 해내는지 궁금합니다!"

베놈 권진욱의 피지컬도 바닥은 아니기에 논타겟인 루시앙의 스킬들을 제법 잘 피했지만 이어지는 패시브 2연타는 확정 타겟이라 피할 수가 없었다.

적절하게 전투병 막타와 병행하여 견제를 넣는 유지의 플레이는 현란했다.

반면 베놈 권진욱은 묵묵하게, 그리고 우직하게 버티고 버텼다.

최대한 전투병을 놓치지 않으려 손해를 감수하면서도 도를 닦는 심정으로 파밍에 열중했다.

루시앙은 때리면서 모든 전투병을 챙겼도 그라카스는 맞으면서 모든 전투병을 챙겼다.

당연히 전투병 수급의 격차는 벌어지지 않았지만 체력관리가 제대로 되어있지 않는 것이 당연했다.

이후 서로 3레벨 타이밍이 되어 궁극기를 제외한 모든 스킬을 사용할 수 있게 되면서 루시앙의 압박은 더욱 거세졌다.

"유지 선수의 루시앙이 풀 콤보를 넣습니다!"

"빈사상태로 황급히 빠져나가는 베놈 선수의 그라카스!"

"아아 정말 무서운데요? 루시앙의 풀 콤보 사이에 들어가는 기본 공격만 해도 6발이죠? 그라카스 더 버티기 힘들어 보이는데요?"

해설진의 말처럼 베놈 권진욱의 그라카스는 더 이상 포탑 앞으로 나가지 못한 채 멀리서 술통 굴리기의 쿨 타임이 돌 때에만 전투병을 챙기며 경험치를 놓치지 않는 것이 할 수 있는 고작이었다.

그러는 중에도 유지의 루시앙은 계속해서 포탑을 두드리며 포탑 체력 압박을 넣었다.

"루시앙의 스펠은 회복과 탈진이고요 그라카스의 스펠은 점화, 점멸이에요. 이대로면 맞상대는 꿈도 못 꿀 것 같은데요?"

"그렇죠. 1:1 매치에서 웬만하면 점멸 선택을 잘 안하는 편인데 그라카스의 변화무쌍한 스킬 콤보를 위해서는 불가피한 선택이었죠."

그라카스에게 불리한 상황은 계속이어졌다.

해설진도, 경기를 지켜보는 팬들도 모두 유지의 피지컬에 감히 맞상대 할 생각을 했던 베놈의 실책이라고 생각했다.

그런 암울한 분위기 속에서 베놈의 그라카스가 반격의 기회를 엿보듯 스킬을 쏟아 부어 라인을 클리어한 다음 5레벨 타이밍에 본진으로 귀환을 선택했다.

정말 마지막 한 번의 기회를 노릴 수밖에 없게 된 것이다.

25장. 성장. 또 성장.

프로게이머
PROGAMER

프로게이머
PROGAMER

25장. 성장. 또 성장.

유지의 루시앙은 돌아가는 그라카스를 지켜보며 함께 라인을 밀고 포탑에 스킬 콤보를 넣어 체력 압박까지 착실하게 넣은 다음 본진으로 돌아갔다.

"포탑 체력이 절반 이하로 떨어졌습니다. 거기다 먼저 귀환하는 바람에 라인 손해까지 봤죠. 루시앙이 CS 격차를 12개로 벌립니다."

"그라카스에게는 이제 한 번의 콤보 기회밖에 남지 않았어요. 암울한데요?"

"더구나 유지 선수도 본진에서 아이템을 구비하고 올 거란 말입니다. 때문에 어지간한 기회로 킬 포인트를 노리기는 요원하고요. CS도 밀리고 심지어 포탑 체력도 좋지 않아요. 루시앙이 완전히 승기를 잡은 것 같습니다."

그런데 그라카스의 아이템 선택이 모두의 눈에 들어왔다.

5레벨까지 버텨낸 덕에 쌓인 돈이 꽤 되었는지 다른 무엇도 구매하지 않고 거대한 지팡이를 구입했다.

여섯 개의 아이템 칸을 달랑 거대한 지팡이 하나가 채웠다.

"아아! 주문력에 올 인하는 겁니다. 한 콤보를 노리겠다는 말이에요."

"유지 선수의 선택은 기발하네요!"

"오란의 검 세 개를 추가로 구입합니다!"

"공격력과 체력까지 보충해주는 좋은 선택입니다."

"반면에 베놈 선수는 유지력을 배제하고 정말 주문력에 올 인입니다. 한 콤보에 끝내지 못하면 패배입니다!"

라인에 복귀해서 마주친 두 챔피언은 치열하게 신경전을 펼쳤다. 서로의 아이템을 확인하고 유지가 취한 포지션은 싸움을 피하면서 포탑을 공략하는 것이었다.

체력이 얼마 남지 않은 포탑을 먼저 깨부수고 승리를 가져가려는 것이다.

"그라카스의 배치기 점멸 콤보를 이동기로 한 번만 피하면 된다는 생각이죠!"

"번쩍이는 순간을 캐치해야 합니다. 그야말로 극한에

다다른 피지컬이 있어야 가능한 플레이!"

"하지만 유지 선수라면 분명히 가능한 플레이겠죠."

결국, 루시앙이 다시 포탑을 공략할 수 있는 라인까지 밀려온 그라카스는 점점 부서지는 포탑을 지켜보는 상황까지 내몰렸다.

그리고 포탑이 터져 버리기 전에 드디어 칼을 뽑았다.

번쩍!

정말 눈 깜짝할 사이 그라카스가 그 육중한 몸을 움직였다.

무언가 휙휙 날아다녔고 펑! 하고 터졌으며 교차하고 둘러지는가 하면 빨라졌다.

말 그대로 모든 것이 번쩍! 하고 지나갔다.

그리고 게임 화면에는 알림 메시지가 떠올랐다.

[레드 팀! 선취점!]

이번 경기 베놈 권진욱의 색상인 레드!

모두 정신을 차리고 보니 루시앙은 바닥에 누워 있었고 그라카스는 루시앙 앞에 서서 특유의 뱃살이 떨리는 춤을 추고 있었다.

"아아! GG! 그라카스의 스킬 콤보가 눈 깜짝할 새 들어가면서 루시앙이 쓰러졌습니다!"

"아니, 도대체가 어떻게 된 건가요? 너무 빠르게 지나가서 뭐가 뭔지 제대로 보이지도 않았어요!"

"그라카스가 저 육중한 몸을 저렇게 움직일 수도 있나요?"

그렇게 베놈 권진욱의 승리로 상황이 끝나는가 싶었는데 갑자기 제동이 걸렸다.

중국 올스타 선수단의 코치가 관계자들에게 버그가 발생한 것 아니냐며 물은 것이다.

이슈를 전해들은 해설진이 곧바로 이 사실을 알렸다.

"지금 중국 올스타 측에서 항의가 들어와 있네요. 유지 선수가 루시앙의 이동기를 사용하지 않은 상태에서 그라카스의 배치기 점멸을 피하는 반응을 했는데 그라카스의 궁극기에 의해 상황이 반전되었다는 내용 같습니다."

"이게 버그인지 아닌지 몰라도 사실 저도 눈으로 따라가다가 위화감이 들기는 했거든요? 너무 상황이 빠르게 지나가서 잘 못 봤는데요."

"느린 화면을 한 번 보고 싶군요?"

곧바로 대형 전광판을 통해 마지막 순간이 느린화면으로 재생되었다.

"보시죠. 포탑 체력이 아슬아슬한 상황이었고 루시앙은 포탑을 공격하기 위해 다소 앞 라인을 잡은 상황이네요."

"자, 여기서 그라카스가 움직이죠."

일반적인 상황이라면 당연히 예상이 되는 콤보가 있었다.

배치기와 점멸 콤보로 접근해서 궁극기를 사용해 적을 포탑 안쪽으로 밀어 넣으며 점화를 사용해 마무리하는 콤보!

깔끔하고 가장 가능성 높은 콤보이기는 했으나 문제가 있었다.

바로 예상하기가 너무 쉽다는 점이다.

배치기가 시작되는 순간 유지가 루시앙의 이동기를 사용하면 콤보 시작과 동시에 바로 끊겨 버리는 것이 최대의 단점이었다.

그런데 도대체 어떻게 당한 걸까?

느린 화면으로 재생되는 리플레이를 보니 뭔가 이상한 장면이 보였다.

"배치기! 다음 궁극기가 먼저 날아가고 점멸을 사용하는 것 같은데요? 순서가 살짝 달라 보이죠?"

"만약 커맨드 입력 순서가 배치기 이후 점멸, 궁극기였다면 저것은 명백한 버그가 맞는 것 같네요."

"굉장히 재미있는 장면이네요. 루시앙이 분명이 이동기로 피했는데 궁극기도 그쪽 방향으로 날아갔고, 점멸도 그 방향으로 사용되었어요. 와아."

눈으로 보고도 이해할 수 없는 콤보.

그것은 신선한 충격이었다.

모두가 알고 있는 챔피언 스킬 콤보를 어떻게 이토록 다르게 사용할 수 있는가.

곧 관계자들이 베놈 권진욱에게 상황에 대한 설명을 직접 듣고 해설진에게 전하며 공식 발표가 났다.

"아, 지금 전달된 내용이 있습니다."

"베놈 권진욱 선수가 사용한 콤보는 배치기 이후 점멸, 궁극기가 아닌 배치기 이후 궁극기, 점멸 순서의 콤보였다고 합니다!"

"버그가 아니라는 말이군요."

"버그가 아닌 완전한 응용력과 피지컬의 조합이었던 거죠! 배치기 스킬이 끝나기 직전에 루시앙의 이동 경로를 파악하고 궁극기를 미리 던지면서 점멸을 사용한 겁니다."

"느린 화면을 다시 한 번 보시죠."

"아아, 다시 봐도 멋진 장면!"

"완벽한 거리조절과 전투병이 지워지는 타이밍에 맞춘 것도 용이했네요. 세 번이나 보고 나니까 드디어 하나씩 보입니다."

"자, 여기죠? 배치기! 궁극기! 점멸!"

"콤보가 다 들어가고 루시앙이 뒤늦게 탈진과 회복을 사용해 보지만 타워가 무려 두 대나 때리는군요."

"점멸도 없는 상황에서 살아남기가 쉽지가 않죠."

화려했다.

정교했으며 기발했다.

지금 보여준 베놈 권진욱의 플레이가 바로 그러했다.

이미 몇 년이나 리그를 진행해온 로크.

기존 챔피언의 활용법은 이제 나올 만큼 나왔기에 더 이상 새로울 것이 없다고 생각한 이 때 신선한 충격을 선사하는 베놈 권진욱이었다.

챔피언 활용법은 아직 무궁무진하다는 것을 몸소 보여주고 있는 것이다.

이번 한 번의 경기로 강력한 우승 후보 유지를 꺾은 베놈 권진욱은 또 한 명의 우승 후보였다.

◆

올스타전 두 번째 날.

개인전 매치의 8강 멤버가 결정되었다.

내가 유지를 꺾으면서 강력한 라이벌 한 명을 처리했고 이제 총 세 명의 상대만 더 꺾으면 우승할 수 있었다.

8강 멤버는 훌륭했다.

대한민국 – 미스터 큐, 베놈, 브레이커
북미 – 비헉슨
유럽 – 크로겐
중국 – 클린 러브
와일드카드 – 구치, 부치

　강력한 우승 후보로 꼽히던 선수들의 대거 탈락으로 대한민국 올스타에서만 세 명의 8강 진출자가 나왔고 전혀 의외의 후보인 와일드카드 진출전의 구치, 부치 형제가 있었다.
　대진표도 환상적이었다.

그룹A
미스터 큐 VS 구치
베놈 VS 부치

그룹B
크로겐 VS 비헉슨
브레이커 VS 클린 러브

　구치, 부치 형제는 동남아시아 지역에서 뽑혀 올라온 선수들로 구치가 정글, 부치가 미드라인을 담당하는 형제

프로게이머였다.

대진표 결과에 의하면 나와 상규가 승리를 거둘 시 준결승전에서 서로 싸워야했다.

그런데 첫 번째 상대인 구치, 부치 형제가 심상치 않았다.

대회 이튿날 정규 2부 순서의 지역 대항전에서 다시 한 번 남미 올스타를 꺾으며 와일드카드 올스타가 2연승을 챙긴 것이다.

심지어 그 경기에서 구치, 부치 형제가 최고 활약을 펼쳤다.

대회 첫 날 유럽 올스타를 꺾은 경기도 대수롭지 않게 생각 했었는데 이렇게 되고 보니 의식하지 않을 수 없었다.

지역 대항전에서 활약하며 2연승을 챙겼고 개인전 8강까지 들어왔다는 것은 이벤트 매치 특성상 벌어지는 즐겜 마인드 같은 걸로 해명할 수 있는 문제가 아니었다.

분명히 그들의 실력이 강하다는 증거였다.

이를 느낀 이상현이 대기실에서 내게 나지막한 목소리로 한 마디를 남겼다.

"구치, 부치 형제는 숨은 고수 같은 느낌이에요. 조심하시고 결승으로 오세요."

클린 러브, 비헉슨, 크로겐 등 전 세계 팬들이 익히 알고 있는 실력자를 상대해야 할 이상현의 말이었다.

본인은 결승에 갈 수 있다고 자신하듯 위세가 당당한 적을 두고도 나를 걱정해주는 척 도발한 것이다.

나는 그저 싱긋 웃어 주었고 샤이가이의 출전으로 대한민국 올스타의 지역대항전 두 번째 경기 엔트리에서 제외된 김에 구치, 부치 형제에 대한 정보들을 조사했다.

그렇게 팀 파이어의 포인트가 앞선 상태로 대회 2일차가 지나고 날이 다시 밝아 대회 3일차.

개인전의 우승자가 가려지는 바로 오늘 첫 번째 경기가 펼쳐졌다.

대한민국 정글의 자존심 미스터 큐 상규와 동남아 와일드카드 지역의 정글러 구치.

운명처럼 정글러의 상징인 수도승 미러전을 펼치게 된 두 선수는 누구보다 치열하게 싸웠다.

그리고 혈투를 거듭한 끝에 상규가 패배하고 말았다.

◆

온라인에서의 반응은 뜨거웠다.

세계무대에서 깜짝 활약을 펼치며 존재감을 알리고 있는 구치, 부치 형제가 베놈 권진욱을 상대로 어떤 모습을 펼칠 것인지 기대감이 모아졌다.

이런 기대감의 근본적인 원인은 달라진 권진욱의 위상에 있었다.

유지를 꺾으며 보여준 신개념 콤보, 대회 첫 날 탑 라이너로 출전해서 보여준 피이즈의 딜탱형 운영 등 게임을 재해석 하는 능력에 더불어 약한 줄 알았던 피지컬의 강력한 모습까지 보여주면서 점점 위상이 높아지고 있는 것이다.

이번 대회를 통해 브레이커 이상현은 전략적인 픽으로 게임지능까지 성장하고 있다는 평가를 받고 있었다.

거기에 더불어 베놈 권진욱의 피지컬과 해석 능력의 성장까지 어필되고 있는 상황.

두 라이벌은 세계무대에서 자신의 성장을 내보이며 경쟁 속의 작은 경쟁을 펼치고 있었다.

◆

8강전 상대로 배정된 부치.

그의 형제인 구치에게 패배한 상규가 말했다.

"다른 건 모르겠고 앞, 뒤 가리지 않는 공격성은 중국 선수들을 많이 닮아 있어. 그런데 피지컬 능력은 발군이야. 그냥 대단하다는 말 밖에는 안 나오더라."

"그 정도로 잘 해? 완패야?"

"응, 분한데 변명 거리가 없어. 나 컨디션 진짜 좋았거든? 한끗 차이로 지기는 했지만 그 말 자체가 이미 대단하다는 거 아니겠어?"

구치를 직접 상대해본 상규의 소감이었다.

사실 상규를 꺾었다는 것만으로도 구치의 실력이 대단하다는 걸 증명할 수 있었는데 상대한 당사자가 보통이 아니라고 인정하는 발언까지 하니 더욱 경계심이 들었다.

정글러로 활약하는 구치가 이 정도라면 미드라이너로 활약하고 있는 부치의 피지컬은 또 얼마나 대단할까?

그들이 줄줄이 꺾고 올라온 상대의 면면만 보더라도 보통이 아니었다.

어쩌면 이것도 당연했다.

각 지역의 올스타 선수들만 모아둔 올스타전인데 대단하지 않은 선수가 어디 있겠는가.

지금 펼쳐지고 있는 팀 파이어와 팀 아이스의 단일 챔피언 매치가 끝나면 부치와의 8강전이 시작된다.

그 전까지 나는 부치를 상대할 전략을 찾아내야 했다.

부치의 올스타전 경기들을 다시 돌려 보았다.

1:1 매치는 물론이고 이벤트 매치와 정규 매치의 와일드카드 팀 경기까지 모두 챙겨본 뒤 내린 결론은 하나였다.

구치, 부치 형제는 제대로 된 물건이었다.

개개인의 피지컬이 뛰어난 것은 다시 말 할 필요도 없었고 함께 출전하는 경기에서는 형제이기에 가능한 걸까 싶을 정도로 찰떡궁합을 보여주었다.

게임 안에서 본인이 해야 할 최선의 선택을 늘 하는데 심지어 두 명이 되면 함께 할 수 있는 최선의 선택도 자연스럽게 골라내는 능력이 있었다.

뭐랄까 훈련이나 약속으로 만들어낸 플레이가 아닌 날 것의 플레이가 항상 정답인 것 같은 느낌이었다.

한 명, 한 명의 선수가 무서운데 그들의 진정한 무서움은 함께 있을 때 발휘되는 것 같았다.

그렇다고 1:1 매치에서 마냥 만만한 것도 아니었다.

다시 한 번 말하지만 개개인이 충분히 최고의 자질을 가졌다는 걸 증명할 만큼 강했다.

내가 상대하게 될 부치의 주력 챔피언은 대부분 라인전이 강력한 미드라인 챔피언이었다.

1:1 매치에서도 미드라인 챔피언을 가지고 한 타이밍 킬 포인트를 노리는 전략을 사용했다.

사용된 챔피언들은 신드리아, 라서스, 이산드라, 구미호 같은 메이지 챔피언들이었다.

라서스를 제외하면 우월한 사거리를 이용한 견제 이후 한 번의 콤보를 노리는 챔피언이었다.

이 챔피언들의 치명적인 단점은 딱 두 가지.

근접형 챔피언에게 거리를 내주는 순간 녹아버릴 만큼 맷집이 약하다는 것과 스킬 콤보를 모두 꽂아 넣고 킬 포인트를 올리지 못하면 다음 스킬 쿨 타임이 돌 때까지 무방비가 된다는 것이다.

　나는 메카닉 최강이라는 유지를 맞상대해서 8강전에 올라왔다.

　부치도 그렇게 상대할 수 있지 않을까?

　물론, 가능성이야 있겠지만 쉬운 일은 아닐 것이 분명했다.

　새로운 면모랄 수 있는 피지컬을 보여줬으니 이번에는 다시 내가 잘 하는 전략적인 선택으로 승리를 쟁취해야겠다는 생각이 들었다.

　아직 제대로 파악되지 않은 부치라는 상대를 두고 도박을 하기도 싫었고 그들을 상대하는데 브레이커 이상현의 걱정 어린 격려까지 듣고 나니 무조건 이기고 싶어졌다.

　그렇다면 고도의 피지컬이 필요한 근접 챔피언은 잠시 미뤄두는 게 좋을 것 같았다.

　남은 것은 부치의 챔피언이 한 번의 콤보를 다 넣고 쿨타임을 갖는 동안 압박할 수 있는 단단한 챔피언.

　거기까지 전략을 결정하고 나니 내 경기 순서가 돌아왔다.

8강전 경기 즈음 되니 팬들이 선수들에게 기대하는 것이 훨씬 더 커진 상태였다.

첫 번째 1:1 매치에서 미스터 큐가 구치에게 패배하는 바람에 대회 내내 이변의 바람이 불어 닥친다는 기대감이 자연스럽게 팬들의 머릿속에 형성되었다.

반대 조에서 펼쳐진 크로겐과 비헉슨의 진검승부에서는 정말 치열한 접전을 펼친 끝에 비헉슨이 2:1로 4강전에 안착할 수 있었다.

이런 상황에 베놈 권진욱은 신흥 돌풍을 일으키고 있는 구치, 부치 형제 중 부치를 맞이했다.

"두 선수의 1:1 매치 8강전 경기가 시작되었습니다!"

"구치 선수가 먼저 4강에서 형제인 부치 선수를 기다리고 있죠?"

"네, 그렇습니다. 부치 선수도 엄청난 실력을 지닌 이번 대회의 다크호스인데요."

"하지만 선택이 쉽지는 않을 수도 있어요. 상대인 베놈 권진욱 선수가 원래의 전략적인 모습을 보여주다가 최고의 피지컬 플레이어 유지를 피지컬로 찍어 누르는 모습을 보여줬거든요?"

"그렇습니다. 머리가 아플 겁니다. 과연 이번 경기에

권진욱 선수는 어떤 챔피언과 운영을 선택할까요?"

해설진들의 우려와는 다르게 부치의 뚝심은 꽤나 강경했다.

"아아! 신드리아입니다. 지금껏 해왔던 그대로 하면 이길 수 있다고 생각하는 것 같습니다."

"그렇네요. 사실 신드리아 정도 챔피언을 능숙하게 다룰 수 있다면 어떤 챔피언을 상대해도 편하거든요?"

"이번에도 역시 베놈 권진욱 선수의 선택에 많은 것이 달려 있겠네요. 기대가 됩니다."

먼저 신드리아를 선택하고 베놈 권진욱의 선택을 기다리는 부치는 그가 어떤 선택을 할지 모르기에 공용 룬을 들었다.

그러는 와중에 베놈 권진욱의 챔피언이 결정되었다.

"아아! 베놈 권진욱 선수의 선택은 이렐리안나입니다!"

"아니, 상대 선수가 어떤 챔피언을 선택했는지 보고 있나요? 혼자 알고 게임 하는 것 같습니다!"

"그렇죠. 이렐리안나의 선택은 매우 탁월하다고 생각되죠."

베놈 권진욱의 선택은 이렐리안나였다.

손을 타는 것은 맞지만 기본 이상의 피지컬은 늘 보장하는 선수가 선택했기에 매서운 무기가 되었다.

이 경기의 키 포인트는 이렐리안나의 접근을 신드리아가 얼마나 정확하게 막아내고 얼마나 많은 견제를 성공시키는가에 달려 있었다.

적군와해 스킬로 달라붙는 적을 밀어낼 수 있는 신드리아.

부치의 진면목을 확인할 시간이었다.

경기가 시작되고 라인전에 들어서는 부치의 표정이 좋지 않았다.

이렐리안나가 유지력을 포기하고 물약은 하나만 구매한 뒤 마법무효 외투 아이템을 장착하고 나타난 것이다.

"라인전이 시작되었는데요. 신드리아의 스킬이 잘 적중하기가 힘드네요."

"베놈 선수의 무빙이 너무나도 좋은데요?"

"사실, 신드리아의 스킬이 궁극기를 제외하면 전부 논타겟 스킬이거든요."

"무빙이 좋으면 맞추기가 여간 어려운 일이 아닙니다."

양 선수의 파밍은 의외로 평화롭게 진행되었다.

신드리아의 견제가 웬만큼 잘 들어가지 않는다는 것을 파악한 부치가 견제 대신 광역 공격이 가능하다는 점을 이용해 거리를 유지하며 라인 클리어에 힘을 쏟기 시작한 것이다.

"적절한 판단입니다. 견제에 번번이 실패하면 결국에는

마나만 마르는 셈이 되거든요? 차라리 라인을 밀고 빠르게 파밍을 해서 CS로 승리를 챙기는 편이 나을 수 있어요."

"반대로 생각하면 최악의 선택이 될 수도 있습니다?"

"어떤 면에서 그렇죠?"

"그나마 신드리아가 이렐리안나를 압도할 수 있는 타이밍은 초반뿐입니다. 시간이 지나면 지날수록 이렐리안나가 킬 타이밍을 잡기가 훨씬 편할 거예요."

그야 말로 양 선수의 순간적인 피지컬과 판단 싸움으로 흘러가는 게임 양상.

견제를 포기하고 완전히 파밍에 집중한 신드리아의 선택 덕분에 양 선수의 CS 격차는 십여 개 차이로 벌어졌다.

"이대로 가면 이렐리안나를 고른 베놈 권진욱 선수가 허무하게 CS 차이로 패배할 것 같은데요?"

"승리 조건까지 20개 남았죠. 앞으로 웨이브 4개를 더 봐야 하는 상황이에요. 그 전에 분명히 승부수를 띄울 겁니다."

"이미 두 선수의 레벨은 8레벨이네요. 어떤 선수든 제대로 콤보 한 번을 집어 넣을 수 있으면 승기를 잡게 될 겁니다."

"이렐리안나는 점화, 탈진이고 신드리아는 탈진, 회복

이죠. 한 번의 싸움에 어떤 결과가 벌어지게 될까요!"

해설진의 말처럼 이제 베놈 권진욱에게 남은 시간이 별로 없었다.

지루한 파밍전이 이어지면서 좀처럼 신드리아를 공략할 타이밍을 제대로 잡지 못했다.

그러는 와중에 마지막의 마지막까지 파밍을 마친 베놈 권진욱의 이렐리안나가 본진으로 먼저 귀환했다.

"아이템을 구매하겠다는 의지죠. 이대로라면 무조건 질 수밖에 없으니까요."

"이것으로 CS 역전은 불가능하게 되었습니다."

본진으로 귀환한 베놈 권진욱의 이렐리안나는 곧바로 완성 아이템인 엘모셔스의 아귀 아이템을 구매했다.

"아아! 세 개의 힘 아이템이 아닌 엘모셔스였네요."

"합리적인 선택이죠. 마법 방어력과 공격력을 동시에 챙길 수 있으며 체력이 일정 이하로 떨어지면 추가적인 마법 공격력을 무효화할 수 있는 쉴드까지 생기는 아이템입니다."

"한 라인을 더 밀고 본진으로 귀환한 신드리아는 버티면 이긴다는 생각이네요. 거인의 허리띠와 오란의 링을 구매했습니다."

"서로 한 콤보에 녹지 않겠다는 의지가 돋보이네요."

"이렇게 되면 이렐리안나의 진입 각이 어떻게 나오느냐

승부네요."

라인으로 복귀한 두 선수 사이에 굉장한 긴장감이 서리기 시작했다.

그때, 베놈 권진욱의 이렐리안나가 기묘한 움직임을 보여줬다.

몰려오는 전투병 웨이브를 클리어하는 것이 아니라 한 대씩만 때리며 전투병의 체력을 관리하기 시작한 것이다.

"너무 눈에 보이는 설계 아닌가요? 전투병을 이용해 이리저리 움직이며 신드리아의 적군와해 스킬을 피한 다음 진입하겠다는 것 같은데요?"

"너무 눈치 채기 쉬운 설계라 신드리아가 당연하다는 듯 거리를 벌리고 뒤로 빠지죠?"

"CS 격차도 제법 벌어져 있기에 아직 여유 있습니다."

"급한 건 이렐리안나라는 사실을 제대로 파악하고 있는 겁니다."

기묘한 바람은 그 때부터 불기 시작했다.

"어? 잠시만요."

해설진도 곧바로 눈치 챌 수 있었다.

베놈 권진욱의 이렐리안나가 신드리아를 뒤로 물러서게 한 뒤 모든 전투병을 챙기며 CS를 따라 붙기 시작했고 포탑 근처에서 전투병을 받아먹으려는 신드리아의 움직임에 저돌적으로 달려들며 압박하는 것으로 방해를 시작한 것이다.

"이게 무슨 일인가요! CS 격차가 줄어들고 있습니다!"

"아, 신드리아가 포탑을 끼고 있어도 먼저 녹아버릴 수 있다는 압박감 때문에 제대로 파밍을 이어나가지 못하는 모양새죠?"

"차라리 주문력 아이템을 구비했으면 오는 전투병을 조금 더 수월하게 처리할 수 있었는데요. 주문력이 딸리는 지금은 속속 놓치고 있습니다."

"그렇다고 스킬을 아무렇게나 낭비할 수도 없어요. 스킬이 빠진 타이밍을 노려 이렐리안나가 들어올 수도 있거든요!"

순식간에 역전된 상황!

신드리아가 이렐리안나의 기백에 당황하여 아등거리는 사이 두 번의 웨이브를 싹쓸이한 베놈의 이렐리안나가 CS 격차를 세 개까지 좁히는 데 성공했다.

이 기세라면 CS 개수의 역전은 물론이고 킬 포인트 압박과 포탑 체력 압박 주도권까지 모조리 이렐리안나에게 넘어가버릴 상황이었다.

확실하게 승기를 잡았다고 생각한 부치가 수비적인 아이템을 선택한 것을 보면서 베놈이 되묻는 것 같았다.

자, 이제 진짜 급한 쪽은 누구지?

이견의 여지가 있을까?

이제 급한 쪽은 당연히 부치의 신드리아였다.

주문력이 모자라 제대로 파밍도 불가능하고 1:1 싸움은 압도적으로 불리한데다가 포탑을 끼고 갖은 변수에 기댈 수밖에 없는 상황.

승리의 길이 그것뿐이라는 사실을 깨닫는 순간 부치의 표정에 짙은 아쉬움이 깃들었다.

상대를 너무 편하게 생각한 탓일까?

이런 식의 운영 방법은 듣도 보도 못 했기에 매우 아쉬웠다.

그래도 아직 끝난 것은 아니었다.

포탑이라는 강력한 변수를 기대할 수밖에 없지만 그만큼 믿음직한 것이 포탑이었다.

0.1초라도 먼저 쓰러지는 쪽이 지는 싸움.

마지막이 될 수도 있는 웨이브가 들어오는 타이밍에 부치의 신드리아는 더 이상 뒤로 빠지지 않았다.

"두 선수 맞붙을 것 같습니다!"

"신드리아가 거리를 주자 이렐리안나의 무빙이 과감하게 나아가죠!"

베놈 권진욱은 승기를 잡았다는 듯 회심의 미소를 머금고 적의 포탑 안으로 들어갔다.

어떤 타이밍에 이렐리안나가 쇄도하고 어떤 방법으로 신드리아가 받아 칠 것인가!

모두의 관심이 그 초점에 맞아 떨어지는 순간 베놈 권진욱의 마우스가 움직였다.

"어엇! 잠시만요!"

"이렐리안나가 그대로 적진을 향해 돌진합니다?"

신드리아에게 달려들 거라고 예상했던 것과 다르게 이렐리안나는 그대로 라인을 지나쳐 2차포탑과 1차포탑 사이에 자리를 잡았다.

"전투병! 전투병을 노리는 것 같습니다!"

"아아! CS 100개 까지 앞으로 남은 숫자는 5개!"

"최후의 웨이브는 대포전투병까지 포함해서 7마리!"

순간적인 판단력!

베놈 권진욱은 도박성이 짙은 킬 포인트를 노리기보다 어느 새 따라잡은 CS 포인트로 일발역전을 노렸다.

"이렐리안나의 궁극기! 일렬로 오는 전투병에게 모두 적중!"

"아아! 신드리아 갈피를 못 잡는 것 같죠!"

이렐리안나의 궁극기가 보기 좋게 전투병의 체력을 갉아 두었다.

이대로라면 Q 스킬 연타로 순식간에 CS 포인트를 달성할 수 있는 상황이었다.

순간적으로 당황했던 부치는 이제야 베놈의 전략을 눈치챘는지 결단을 내렸다.

"신드리아를 잡은 부치 선수도 라인 클리어를 노립니다!"

"결국에는 이렇게 되네요! CS 싸움이 펼쳐집니다!"

"신드리아의 궁극기!"

부치의 선택도 굉장히 영리했다.

우선 이렐리안나에게 궁극기를 사용해 바닥에 한가득 구체를 깔아두고는 포탑으로 다가오는 전투병을 향해 광역 적군와해 스킬을 적중시켰다.

동시에 이렐리안나의 전투병 마무리 작업도 시작되었다.

"이렐리안나 쇄도! 쇄도! 쇄도! 쇄도! 쇄도!"

"신드리아도 광역 공격기를 전투병에게 맞춥니다!"

"누가 먼저 100개를 달성하나요!"

박진감 넘치는 파밍 싸움이 시작되고 수 초 후!

맵의 모든 오브젝트가 폭발했다.

퍼엉!

승부가 결정된 것이다.

"승자는!"

"아아! 베놈 선수의 이렐리안나가 조금 더 빨랐네요! 베놈 선수가 1세트를 가져갑니다!"

"아니, 파밍 싸움으로 이런 긴장감을 보여줄 수 있습니까?"

"신드리아가 압도적으로 유리했지만 수비적인 아이템 선택으로 주문력이 약간 모자랐어요. 전투병이 한 번에 정리가 안 되는 바람에 이런 결과가 벌어지네요!"

흥미진진한 경기 결과에 해설진도, 팬들도 만족했다.

지루하고 재미없다고만 느껴지는 파밍 싸움이 이렇게나 치열할 수 있나 싶을 정도였다.

막상 두 선수의 경기가 엄청난 박진감을 보여주자 자연히 2세트 경기에도 많은 관심이 쏠렸다.

◆

조금만 더 당황했으면 자칫 어떻게 될지 모를 만큼 급박한 상황이었다.

생각보다 부치의 대처는 현명하고 빨랐다.

곧바로 수비적인 아이템을 구비해 파밍 승부를 걸어온 것도 그렇고 마지막 상황에서 내게 궁극기를 먼저 활용한 다음 전투병에서 광역 공격을 퍼부을 때는 자칫 패배할까 마음이 급해지기도 했다.

언제나 정답을 선택하는 본능적인 재능.

역시나 그것이 부치에게 있었던 탓에 게임 자체는 전략적인 수로 승부가 나지 않을 것 같았다.

확실하게 부치와 게임하는 짧은 순간 게임이 살아 있다는 것을 느낄 수 있었다.

상대의 수에 나의 수가 더해져 실시간으로 목표와 노리는 지점이 달라지는 살아있는 게임.

2세트를 맞이하는 내게 더 생각이 많아지는 순간이었다.

이제는 살아 있는 게임에 시시각각 변하는 상황을 더욱 잘 대처할 수 있는 유연한 챔피언이 필요했다.

아마 이런 점을 느꼈다면 부치는 또 다시 본능적으로 적절한 선택을 할 테고 그렇다면 지금까지 고르지 않았던 챔피언을 고를 가능성도 있었다.

생각하자 권진욱.

모든 상황에 웬만큼 대처가 가능한 챔피언은 반드시 존재한다.

한 가지 능력에 특화되지 않은 밸런스 잡힌 챔피언.

승리의 조건은 간단하다.

킬 포인트를 먼저 얻거나 CS 100개를 먼저 수급하거나 적의 포탑을 먼저 부수면 된다.

킬 포인트를 얻으려면 라인전이 강력한 견제기가 있는 챔피언을 고르는 것이 좋다.

CS 수급을 위해서는 안전하고 빠르게 라인 클리어가 가능한 광역 기술이 있는 챔피언이 좋다.

먼저 포탑을 부수기 위해서는 원거리 공격이 가능한 챔피언이면 된다.

이 모든 요소를 지닌 챔피언을 고려했을 때 선택의 폭은 넓지 않았다.

2세트 챔피언 선택의 시간.

나는 미리 고려한 요소들을 종합해 이미 하나의 챔피언을 후보군에 올려둔 상태였다.

때문에 고민의 시간은 필요가 없었다.

픽 시작과 동시에 나는 한 챔피언을 골라 선택을 확정했다.

내 선택은 룰루랄라였다.

강한 견제기가 있고 원거리 공격이 가능하며 견제기는 활용도가 높은 광역 공격이었다.

거기에 더해 기동성, 쉴드, CC기술까지 상황별로 스킬 활용법에 따라 다재다능하게 변할 수 있는 챔피언이었다.

자, 이게 나의 선택이다.

부치는 과연 어떤 챔피언을 선택했는지 궁금해졌다.

본능적으로 최선의 선택을 찾아가는 녀석이라 아마도 보여주지 않았던 챔피언을 골랐을 거란 생각이 들었다.

곧 부치의 챔피언 선택도 끝이 나고 게임 화면은 로딩 화면으로 넘어갔다.

드디어 서로의 챔피언을 확인할 수 있게 된 것이다.

그리고 나는 부치의 챔피언이 나와 같은 룰루랄라라는 것을 확인할 수 있었다.

◆

두 선수가 룰루랄라와 같은 다재다능한 픽으로 미러전을 펼친다는 사실에 다시 한 번 팬들의 기대감이 상승했다.

룰루랄라라는 픽 자체가 잡는 사람의 성향에 따라 워낙에 다양하게 변신하는 챔피언이다 보니 게임 양상은 도무지 갈피가 잡히지 않았다.

한국에서는 룰루랄라하면 가장 먼저 떠오르는 선수가 바로 ST T1 S의 브레이커 이상현이었다.

아무 특색없는 이 챔피언이 그의 손에 의해 움직이는 순간 강력한 병기가 되는 모습을 보여주었다.

공격적인 기동성 활용과 궁극기 활용으로 심심찮게 솔로킬을 가져오기도 하고 한타 교전 중에는 집요하게 적 딜러를 물어뜯으면서 전세를 뒤엎기도 했다.

반대로 그 형제 팀 ST T1 T의 이지운이 룰루랄라를 잡으면 극도로 안정적인 포지션에서 어마어마한 속도로 파밍하며 아이템을 갖춘 뒤 아군 탱커에게 궁극기, 딜러에게 기동력과 쉴드를 제공하며 서포팅 역할에 중점을 맞췄다.

지금까지 보여준 베놈과 부치 두 선수의 성향을 살펴보자면 일반적으로 베놈이 이지운과 같은 타입의 운영, 부치가 브레이커와 같은 타입의 운영을 할 거라 예상하기 쉽지만 이미 서로 다른 모습을 보여주었기에 뚜껑을 열어봐야 했다.

베놈은 유지를 상대하며 폭발적인 피지컬 능력을 보여주었고 부치는 바로 직전 경기에서 아쉽게 패배했으나 킬 포인트가 아닌 CS 승리를 노리며 전략적인 모습도 보여주었다.

"자, 그럼 두 선수의 경기를 지켜볼까요?"

"일단 두 선수 모두 오란의 링 아이템을 구매해서 무난한 출발을 보였습니다."

"초반 단계에 어떤 전략적인 승부수를 띄울 생각은 없는 것 같죠?"

"아무래도 미러 매치이기 때문에 맞춰 가겠다는 의지가 두 선수 모두에게 있는 것 같습니다. 룰루랄라라는 특색 없는 픽을 선택한 것도 그런 의지의 표현이겠죠."

두 선수의 초반 운영은 무난한 파밍 싸움이었다.

다만, 파밍 중 전투병을 관통해 적을 맞추는 견제의 타이밍을 노리며 조금씩 자신의 입지를 넓혀가는 중이었다.

"베놈 선수의 견제가 성공!"

"아아, 부치 선수 곧바로 견제를 성공 시키며 맞춰 갑니다!"

"한 명이 맞추면 반대편에서 반드시 갚아주고, 한 명이 피하면 반대편에서 반드시 피해냅니다!"

"아주 치열합니다. 치열해요."

서로 맞춰야 하는 스킬은 맞추고 피해야 할 것은 피하며 신통하게도 전투병을 하나도 놓치지 않는 두 선수는 완벽하게 동점 득점행진을 이어나갔다.

서로 같은 타이밍에 라인 정리를 시작해서 같은 타이밍에 정리가 끝나는 상황이 반복되다 보니 전투병 웨이브는 변함없이 중간에서 만났고 사라지며 서로의 포탑에 한 번의 흠집도 내지 못했다.

"이대로 가면 다시 한 번 100개의 CS를 먼저 챙기는 선수가 승리하겠는데요?"

"아직 두 선수가 귀환을 하지 않았습니다. 돈이 꽤 쌓여 있을 텐데요. 어떤 아이템을 구매하느냐에 따라 달라지겠죠."

"양 선수가 가진 골드를 비교해 보면 1600 골드 선으로 같은 수준인데요. 귀환 타이밍을 잡는다면 두 선수가 어떤 아이템을 구매해 올 거라 예상하십니까?"

"일단 가장 무난한 선택은 오란의 링 4개를 추가로 구매하는 것이 좋아 보입니다만 쉽게 예상하기는 힘듭니다."

"역시 거대한 지팡이를 바로 구입할 수 있는 금액이라 그렇겠죠?"

"맞습니다. 두 선수 중 누군가 킬 포인트를 노린다면 더 공격적인 아이템을 선택할 확률이 높습니다."

"아무래도 같은 타이밍에 견제가 들어가고 있으니 주문력이 높은 쪽에서 킬 각을 잡기에 유리한 위치가 될 수 있겠군요."

신중하게 파밍하는 소강상태가 계속해서 이어졌기 때문에 해설진은 앞으로 펼쳐질 일에 대해 예상하는 것으로 보이스를 채웠다.

그러나 해설진의 모든 예상을 뛰어 넘는 상황이 펼쳐졌다.

"양 선수의 CS 개수가 80개를 넘어섰습니다! 도무지 귀환 타이밍을 잡지 않는 두 선수!"

"잡지 않는 게 아니라 못 잡는 겁니다."

"그렇죠. 못 잡는다고 표현하는 게 맞겠네요."

"먼저 귀환하는 쪽은 반드시 손해가 생기게 마련입니다. 그렇기에 섣불리 먼저 자리를 뜨지 못하는 거죠."

너무나도 치열하게 다투는 와중이라 미처 본진으로 귀환할 타이밍을 잡지 못하는 두 선수였다.

어쩌면 이렇게 서로의 견제를 피하며 파밍하는 손 싸움 승부로 게임 시작과 동시에 구매한 아이템 하나를 가지고 게임이 끝나버릴 수도 있었다.

고도의 심리전과 손 싸움이 계속해서 펼쳐지고 있다는 사실을 아는 것은 그다지 많지 않았다.

대부분의 팬들은 1세트 경기처럼 현란한 컨트롤과 심리전이 눈에 보이는 다이나믹한 전투를 원했는데 이번 룰루랄라 미러전은 지지부진한 견제기 던지기만 반복될 뿐이었다.

이렇게 재미없게 싸워 누군가 이긴다한들 팬들이 기뻐할 리가 없었다.

그러나 경기를 하는 두 선수가 어떤 이들인가.

그렇게 맥없이 게임을 이길 수 있다면 모를까 절대 그럴 리 없다는 사실을 알고 있었다.

특히 그렇게 무난하게 흘러갈 경우 마지막 1마리 전투병을 놓고 먼저 잡는 사람이 이기는 도박성 플레이가 되기에 자신의 승패를 운에 맡길 인간들이 아니었다.

먼저 수를 꺼낸 것은 부치였다.

한 세트만 더 내주면 곧바로 탈락이니 먼저 칼을 뽑은 것이다.

"아아! 부치 선수가 먼저 달려듭니다! 이동속도 버프를 받음과 동시에 저돌적으로 돌진하네요!"

"양 선수가 견제기를 제법 잘 피하기는 했지만 그래도 몇 대씩 맞은 상황이라 체력은 절반 수준!"

"마나 역시 절반 수준입니다."

"베놈 선수가 쉴드를 뒤집어쓰고 부치 선수에게 변이!"

너구리로 변한 부치가 그 상황에서도 침착하게 전진했다.

먼저 스킬을 쏟아 부어 부치의 체력을 압박한 베놈이 과감하게 점화와 탈진을 동시에 쏟아 붓고 궁극기를 본인에게 사용했다.

그런데.

변이가 풀리는 순간 기가 막힌 뒷 무빙으로 베놈의 궁극기 CC기를 피한 부치가 곧바로 다시 들어가며 본인에게 궁극기를 사용했다.

크게! 크게!

에어본 당한 베놈의 룰루랄라가 부치의 현란한 콤보를 그대로 두드려 맞았다.

동시에 점화와 회복을 사용하는 부치!

정말 찰나의 순간 보여준 극한에 다다른 피지컬 능력으로 상황을 뒤집은 부치가 맹렬하게 기본 공격을 쏟아 부으며 도망치는 베놈의 룰루랄라를 추격했다.

이윽고.

먼저 사용했기에 먼저 재사용대기시간이 돌아온 부치의
변이 스킬!

너구리로 변한 베놈의 룰루랄라는 더 이상 도망치지 못
했다.

[적을 처치했습니다!]

✦

완벽하게 당해버렸다.

서로 견제기가 일정 적중 하면서 체력 상황이 절반에
달했을 때 나 역시 킬 각이 나온다는 사실을 알고는 있었
다.

하지만 아무리 그래도 같은 스킬 셋에 같이 본진 귀환도
못한 상황이면 쉽게 킬이 나지 않을 거라 생각했다.

나도 당연히 맞대응을 하지 않겠는가!

더구나 CS 100개를 목전에 두고 그런 타이밍에 킬을 노
릴 줄은 꿈에도 몰랐다.

나는 궁극기 에어본을 피하는 부치의 환상적인 무빙을
보면서 확신했다.

녀석은 이미 CS 싸움에는 흥미가 없었던 것이다.

애초에 킬 각을 보면서 내가 긴장을 늦출 가장 적절한 타이밍을 노리고 있었다.

과연 경기를 지켜본 사람들은 그 점을 눈치 챘을까?

의문이 들었다.

부치의 진정한 강점은 무엇인가?

궁극의 메카닉으로만 보자면 부치가 유지보다 한 수 위에 있는 실력자였다.

주로 사용하는 챔피언도 아닌 룰루랄라로 이만큼 보여줬으면 거의 확실하다고 생각해도 될 정도였다.

그러나 역시 그의 최대 강점은 피지컬이 아니었다.

언제나 정답을 선택하는 능력.

본능적으로 선택하는 모든 것이 맞아떨어지고 그것을 실현 가능케하는 피지컬의 조화.

그게 바로 부치였다.

준결승전으로의 진출을 위한 그와의 마지막 세트는 더 신중하게 다가갈 필요성이 느껴졌다.

◆

다행히 해설진들도 게임 보는 눈만큼은 프로게이머 못지않은 게임 전문가들이었다.

부치의 킬 포인트를 위한 노림수를 차분하게 설명했다.

"CS로 승부를 가릴 생각이 애초에 없었던 것 같아요. 게임을 다시 돌려 보면 중반부터 서로 마나 관리를 위해 견제구를 천천히 던지기 시작하죠?"

"그렇습니다. 이 때, 부치 선수는 틈틈이 기본 공격 견제를 넣어요. 킬 포인트를 위한 마나 관리에 들어간 셈이죠."

"베놈 선수도 본능적으로 한 대 맞으면 한 대 돌려주며 계속해서 동점을 유지하기는 했는데 항상 먼저 득점한 건 부치였네요."

"10점내기를 한다고 했을 때, 1:0에서 1:1이 되고 2:1이 되고 2:2가 되는 형식이면 한 발 먼저 10점을 내는 쪽이 곧바로 10:10으로 당한다고 해도 승리하는 거죠. 이번이 딱 그런 경우라고 보시면 될 것 같습니다."

"지루한 파밍 싸움인 줄 알았더니 고도의 심리전이 오가는! 팽팽한 긴장감이 감도는! 치열한 싸움이었던 거죠."

"세 번째 세트 두 선수의 선택이 어떤 것이 될지 정말 너무나 궁금합니다."

이번 경기 결과에 따라 A조 준결승전의 대진표도 결정될 텐데 누가 이기던 흥미진진한 대진이었다.

베놈이 이길 경우 형제의 복수를 위한 구치의 처절한 싸움이 예상되었고 부치가 이길 경우 형제 간의 치열한 전투를 펼쳐야 했다.

온라인에서도 엄청난 예상 글이 쏟아져 나왔다.

[부치가 룰루랄라를 픽 하면서 충분히 다른 챔피언도 고를 수 있다는 점을 보여줬으니 베놈이 머리가 아플 것 같다.]

[피지컬에서는 역시 상대가 안 되는 것 같지?]

[3세트는 승부가 결정나게 될 테니 가장 자신있는 챔피언을 고를 거야 부치는 공격적인 운영을 할 거라고.]

[이 맵은 도망칠 곳도 없고 라인도 한정되어 있어. 오르가나 같은 픽으로 무조건 파밍만 하려고 해도 포탑 체력 압박은 계속 받게 되겠지. 부치가 유리해.]

[베놈이 공격적으로 맞상대 하면?]

[피지컬 차이 나는 건 룰루랄라 미러전에서 극명하게 드러난 것 같은데.]

[어떤 선택을 하더라도 둘 중 잘하는 사람이 이길 건 분명하지. 전략적인 기습은 통하지 않아.]

[그렇다면 아무래도 부치가 많이 유리하겠네.]

[오로지 피지컬에만 몰두하면 챔피언 선택에 따라 베놈에게도 기회가 있음.]

팬들의 의견은 팽팽했다.

그도 그럴 것이 전략적인 모습이 더 뚜렷했던 베놈이지만 피지컬을 안 보여준 것도 아니었고 부치가 강력한 메카닉을 보여줬지만 특정 챔피언에 국한된 모습을 보여준 것도 아니었기에 두 선수의 수 싸움이 될 거란 예상이 파다했다.

130여 개의 챔피언이 존재하는 로크라는 게임의 매력이 바로 이것이 아니겠는가?

밸런스가 어느 한 쪽으로 심하게 치우치지 않는 이상 130개 챔피언 중 당연히 1위를 할 챔피언은 없었다.

상성이라는 게 존재했고 서로 물고 물리는 관계에 놓여 있었다.

이윽고 시간이 지나 다시 3세트.

베놈과 부치의 최종 결전이 펼쳐질 시간이었다.

게임 화면이 픽 창으로 넘어가면서 양 선수가 선택의 시간을 가졌다.

두 선수는 고민이 많은지 한참이나 아무런 선택도 하지 않고 있었다.

"아아, 선택이 쉽지 않겠죠. 예상 가능한 챔피언을 선택하는 순간 카운터 당할 수 있다는 전제가 이미 깔려 있기 때문에 두 선수의 머리싸움이 치열할 겁니다."

"그런데 부치 선수는 그렇게 고민할 필요가 없지 않나요? 아니, 고민을 해봐야 소용이 없다고 해야 할까요?"

"어떤 의미죠?"

"모두 부치 선수가 어떤 챔피언을 주력으로 활용했는지 대충 알고 있습니다만 베놈 선수에게는 주력 카드라는 것이 애초에 존재한 적이 없지 않습니까?"

"그건 그렇죠."

"애초에 예상이 안 되는 걸 고민하고 본인의 선택을 바꾸는 게 올바른 판단일까 의심이 됩니다?"

날카로운 지적이었다.

대개 예상이 되지 않고 대비도 되지 않는 상황에 놓이면 해야하는 최선의 선택은 그 상황에서 본인이 가장 잘하는 것이 될 확률이 높았다.

본능적으로 정답은 선택하는 부치가 이 사실을 모를 리가 없었다.

제한 시간이 다 지나기 전 부치의 닉네임 옆에 챔피언 초상화가 여러 개 스쳐 지나갔다.

"아아! 말씀하신대로 원래 잘 하는 챔피언을 선택할 생각인 것 같습니다."

"신드리아, 이산드라, 라서스가 번갈아 올라오죠?"

"아무래도 신드리아는 꺼내 들었다가 패배한 경험이 있기 때문에 회피하고 싶은 속내가 있을 텐데요."

"가장 다재다능한 챔피언인 만큼 취약한 부분도 더러 있습니다. 신중해야 합니다."

"반면에 베놈 선수는 아직 고민 중인 듯 보입니다. 어떤 챔피언의 초상화도 보이지 않고 있어요."

"시간이 얼마 안 남았습니다."

최종 결정 시간이 임박해서야 두 선수의 챔피언이 결정되었다.

"아아!"

너무 놀란 해설진의 단말마가 울렸다.

부치는 아마도 가장 잘 다루는 챔피언, 혹은 가장 많이 사용한 챔피언 중에서 선택할 거라는 해설진의 예상은 적중했다.

라서스.

차곡차곡 스택을 쌓아 괴물이 되는 라서스가 아닌 주문력 아이템을 이용한 라인전에 특화된 라서스를 사용하는 부치의 트레이드마크와 같은 픽이었다.

그러나 이 픽은 이미 예상이 되어 있었기에 놀라지 않았다.

모두가 놀란 이유는 베놈의 픽 때문이었다.

"렝카요? 진심인가요? 베놈 선수!"

"이게 라인 옆에 짧막한 부시가 존재하거든요? 잘 만 이용할 수 있다면 최고의 선택이 되겠지만 과연 부치 선수가 그 만한 사거리를 줄까요?"

"렝카는 너무 극단적인 선택이에요!"

"맞습니다. 붙을 수 있다면 이기지만 붙지 못한다면 반드시 집니다. 극단적인 카드를 꺼냈네요."

정글의 제왕 근접 누킹의 화신 렝카.

베놈이 부치를 공략할 마지막 카드로 꺼낸 카드였다.

부시 안에서 원거리 점프로 근접이 가능한 패시브를 활용해 부치가 사용할 만한 챔피언을 공략하겠다는 의지였다.

"잠시만요. 그런데 이 구도 어디서 많이 보지 않았습니까?"

"어디서요?"

"두 챔피언 모두 탑에서 종종 모습을 드러내는 챔피언이죠."

"아! 그러고 보니 그렇네요?"

"보통 일정 레벨 이상 되기 전 렝카가 압도적으로 유리합니다만 라서스가 본진에 다녀와 방어력 아이템을 하나 구비하는 순간 전세가 역전됩니다. 궁극기가 생기는 순간부터는 렝카는 라서스를 못 이긴다고 보는 게 맞아요."

"그렇다면 부치 선수가 렝카를 확인하고 마법공격력이 아닌 방어력에 투자를 할 가능성도 배제할 수 없겠네요."

"그렇습니다."

베놈의 예상을 뛰어 넘는 픽이 있었던 바람에 라인전 양상은 다시 예상할 수 없는 곳으로 흐르고 말았다.

게임이 시작되고 첫 번째 아이템 선택의 순간.

로딩 화면에서 이미 상대가 렝카라는 사실을 알게 된 부치는 당연하다는 듯 오란의 방패 아이템을 구매했다.

"역시 주문력 아이템이 아닌 수비적인 아이템을 선택합니다. 어차피 주문력에 올인 해봐야 한 번 물리는 순간 힘들어진다는 사실을 알고 있는 겁니다."

"렝카를 선택한 베놈 선수는 단검 한 자루를 구매했죠. 어쨌거나 라서스가 수비적인 아이템을 선택했어도 초반이 힘든 건 똑같습니다. 이 악물고 버텨야 해요."

"그나마 다행인 것은 이 맵이 탑 라인보다는 짧다는 거겠죠? 너무 전진해서 물리지만 않는다면 버티는 건 어느 정도 가능할 것 같아요."

"대신에 라인이 짧은 만큼 더 자주 물릴 수도 있으니 각별히 주의해야 합니다."

아무도 지적하지 않았지만 두 선수의 스펠 선택은 굉장히 판이했다.

렝카를 선택한 베놈은 점화와 탈진을 들고 굉장히 공격적인 성향을 드러냈다.

탈진의 경우 적의 방어력을 감소시켜 더 많은 대미지를 넣을 수 있었고 이동속도를 늦춰 추격에 용이하게 도울 것이었다.

라서스를 선택한 부치는 탈진과 회복을 선택했다.

탈진에는 적의 공격력을 낮추는 효과도 있어 수비적으로 활용되기도 했다.

드디어 라인에 마주 선 두 선수의 챔피언.

그런데 마주하자마자 베놈의 렝카가 저돌적으로 달려들었다.

와앙!

부시에 들어가자마자 그대로 점프한 렝카는 라서스에게 무자비한 공격을 퍼부었다.

순식간에 3분의 1에 달하는 체력이 사라진 부치의 라서스는 황급히 포탑 뒤편으로 빠져 안전하게 귀환을 선택했다.

"베놈 선수가 이렇게 공격적으로 나올 거라고 생각이나 했겠습니까!"

"아무도 예상 못했겠죠! 부치 선수가 흔들리고 있습니다!"

"다시 라인으로 복귀하는 라서스!"

"하지만 라인은 이미 렝카가 점령했습니다. 전투병 경험치도 먼저 먹기 시작했죠!"

이미 승부는 이 부분에서 결정난 것이나 다름 없었다.

완전히 예상보다도 더 공격적인 플레이로 주도권을 쥔 렝카는 라서스의 접근을 허용하지 않았다.

라서스로서 할 수 있는 거라고는 가까스로 2레벨을 찍어

장판 스킬을 이용해 그나마 사거리 안에 들어온 전투병에게 마지막 일격을 가하는 것 뿐이었다.

그러나 그것마저도 좋지 않은 선택지였다고 말하듯 렝카는 적절한 광역 공격을 유도해 라인을 당기고 라서스를 끌어냈다.

다가가지 않으면 레벨 격차는 계속 벌어지고 골드 격차도 계속 벌어지며 CS 격차까지 계속 벌어질 상황.

울며겨자먹기로 슬금슬금 라인을 향해 다가오면 렝카는 위협적으로 달려들어 압박했다.

어느 정도 압박을 넣은 후 렝카는 다시 빠르게 라인을 밀었다.

"귀환 타이밍 잡나요?"

"아이템을 구매해 오면 훨씬 라인전이 손 쉬워진다는 것을 아는 겁니다. 라서스는 충분한 골드를 확보하지 못했거든요."

렝카는 그렇게 라인을 밀고 적의 포탑까지 쭉 몰아 넣은 다음 뒤로 홀연히 빠져나갔다.

3레벨 타이밍.

충분히 단검류 아이템을 추가 구매할 수 있었다.

라서스는 들어오는 라인을 차분하게 받아먹고 다음 라인까지 재빨리 밀어버린 후 귀환하기 위해 전진했다.

라인 중간에서 라인이 마주친 순간 장판 스킬로 광역

공격을 퍼부으며 라인 정리를 시작했다.

그런데!

와앙!

느닷없이 부시에서 튀어나온 렝카가 모든 스킬을 쏟아 부으며 콤보를 넣음과 동시에 점화, 탈진 스펠까지 함께 퍼 부었다.

정확한 타이밍에 노림수를 가지고 기다린 렝카에게서 라 서스가 벗어날 방법은 없었다.

반사적으로 회복과 탈진을 사용했지만 이미 체력 상황이 좋지 않았다.

"렝카 추격!"

"매복 플레이로 기회를 잡습니다. 베놈 선수!"

집요한 사냥꾼 렝카의 공격은 빗나가는 법이 없었다.

최후의 순간.

강화된 올가미 스킬로 라서스의 발을 묶은 렝카는 마지 막 일격을 가했다.

◆

손에 땀이 흥건했다.

손쉽게 승리를 거둔 것처럼 보일지 모르나 쉬워 보이기 위해 내가 쏟아 부은 노력은 보통의 것이 아니었다.

피지컬 대마왕을 피지컬로 찍어 누르기 위해서 절대 동등한 조건이어서는 안됐다.

앞설 수 있는 첫 번째 조건.

카운터가 될 수 있는 강력한 픽이었다.

그런 의미로 렝카를 선택했고 적절하게 먹혀들었다.

다시 이어지는 두 번째 조건.

주도권을 쥐는 일이었다.

포탑을 두드리거나, 딜 교환을 하거나, CS를 파밍하는 모든 요소에 있어 주도권을 쥔 쪽이 방심하지 않는 이상 유리하게 상황을 끝낼 수 있었다.

그래서 시작과 동시에 저돌적으로 달려들었고 그 역시 상대의 예상을 뛰어 넘으면서 적절하게 먹혀들었다.

이런 사소한 우세가 나와 부치 사이의 피지컬 능력을 메워 일방적으로 몰아부칠 수 있는 발판을 마련해 주었다.

그럼에도 불구하고 모든 집중력을 쏟아 부어야 할 만큼 고된 게임이었다.

어쨌거나 승리를 거둬 준결승에 진출한 나는 느긋하게 B조 경기를 지켜봤다.

세기의 대결, 미리 보는 결승전이라는 이름이 붙은 빅 매치가 반대편 조에서도 펼쳐졌다.

준결승에서 맞붙는 브레이커와 비헉슨의 대결이었다.

로크의 신 브레이커.

북미의 브레이커라 불리는 사나이 비헉슨.

두 사람의 대결은 뜨거운 열기에 달아 오른 듯 화끈한 피지컬 싸움으로 일관되어 있었다.

비헉슨의 지역 북미에서 펼쳐지는 대결이다 보니 압도적으로 많은 팬들이 비헉슨을 응원할 거라 생각했지만 그 예상은 보기 좋게 빗나갔다.

어디 예수가 한국에서 태어나 한국에서 그토록 번창했으며 부처가 중국, 일본에서 태어나 그토록 그 나라에서 많은 영향력을 갖게 되었나?

신의 영역에 오르면 국적을 초월하는 법이었다.

팬들에게 로크의 신이라 불리는 브레이커는 압도적으로 많은 팬들에게 오히려 비헉슨을 부수라는 응원의 목소리를 들을 수 있었다.

결과는 치열한 난타전 끝에 2:1.

브레이커의 승리로 먼저 결승전에 올라가 안착해 있었다.

제이드, 피이즈, 야소 같은 팬들이 열광하는 챔피언으로 화려한 스킬 공방전을 펼치는 두 선수의 대결은 이번 대회 최고의 명장면을 여럿 만들어 냈다.

드디어 돌아온 구치와의 준결승전.

탈락한 형제의 복수를 위해 출격한다는 멘트와 함께 구치가 나와 맞섰다.

부치와의 일전이 너무 힘겨웠기에 구치와의 준결승도 만만치 않을 거라 예감했다.

하지만 의외로 게임은 간단하게 가져올 수 있었다.

형제애로 인한 복수심이 정말로 작용했는지 구치는 부치보다 훨씬 더 저돌적이었고 요령껏 받아치기만 해도 승기를 잡는 것이 가능했다.

그 외에도 뭔가 챔피언 조작을 하는데 있어서 이전보다 훨씬 손에 잘 달라붙는 느낌이 들었다.

생각하고 움직이기 전에 먼저 움직이게 되고 먼저 움직인 결과는 결국 생각해서 결정하는 방향에 있었다.

비로소 나에게도 본능적인 피지컬 능력 같은 것이 생성되고 있는 것이다.

모든 집중력을 오로지 피지컬에만 쏟아 붓는 부치와의 경기에서 나는 또 한 단계 성장할 수 있었던 듯 보였다.

대한민국에서 브레이커를 목표로 두고 사람들은 말했다.

베놈이 브레이커를 왕좌에서 끌어내렸다고.

이번 무대에서 세계무대를 본 팬들은 다시 말할 것이다.

베놈이 브레이커를 신좌에서 끌어내렸다고.

♦

올스타전의 하이라이트 개인전 결승전무대에 모든 스포트라이트가 집중되었다.

역대 올스타전 최고 시청률을 찍은 것도 바로 이 순간이었다.

"결국에는 이렇게 되었습니다."

"수많은 올스타 선수들 중! 쟁쟁한 경쟁자를 물리친 최후의 2인이 우리 앞에 섰습니다!"

"늘 새로운 것을 시도하며 새로운 모습을 보여준 선수죠. 더 이상 새로운 게 있을까 싶을 때마다 또 새로운 걸 들고 나오고요. 심지어 성향까지 시시때때로 바꾸는 무서운 선수입니다. 대한민국 올스타 베놈 선수!"

해설진의 선수소개가 끝나자 베놈의 자리에 조명이 비춰졌고 팬들의 함성이 이어졌다.

와아아아아아아아아아아아아아아!

많은 팬들의 함성에 화답하듯 베놈이 관중석을 향해 손을 흔들어 주었다.

해설진은 바로 다음 상대를 소개했다.

"이 선수를 소개할 필요가 있을까요? 소개 문구에 써 넣을 설명이 더 필요할까요? 이미 이 자리에 있는 모두가 아는 선수고 전 세계 로크 팬들의 환호하는 선수입니다. 농구에

조던이, 골프에 우즈가, 축구에는 메시가 있다면 로크에는 바로 이 선수가 있죠? 로크의 신! 대한민국 올스타 미드라이너 브레이커 선수입니다!"

어쩌면 브레이커라는 선수를 가장 잘 소개한 것이 아닐까?

이번에도 역시 팬들의 큰 함성이 이어졌다.

와아아아아아아아아아아아아아아아아아아!

브레이커! 브레이커! 브레이커! 브레이커! 브레이커!

로크의 신에게 외치는 신자들의 구호였을까.

이번에는 베놈의 순서와 다르게 브레이커의 닉네임을 팬들이 연신 연호했다.

베놈은 바로 이런 구도를 깨부수고 싶었다.

정규 게임에서 본인의 MVP 선정을 부정하는 오로지 브레이커만을 위한 팬들의 팬심.

그것을 이 결승전 무대에서 실력으로 찍어 누르고 직접 쟁취할 생각이었다.

"대한민국 로크 챔피언스 리그를 보시는 분들은 아시겠지만 이 두 선수가 이번 리그 결승전에서도 맞붙었습니다. 박빙의 승부 끝에 베놈 선수가 속한 팀 데몬이 우승을 차지하면서 이번 올스타전까지 이어져왔는데 이렇게 결승 무대에서 다시 만나네요. 두 선수!"

"그렇죠. 구단의 우열은 시즌에서 가름이 났을지 모르겠지만 이 두 선수의 우열은 아직 가려지지 않았거든요? 이 번 올스타전 무대가 그 심판대가 될까요!"

"두 선수가 어떤 챔피언으로, 또 어떤 방식으로 맞붙을 지 정말 기대가 되네요! 경기 시작합니다!"

픽 화면으로 넘어가고 두 선수는 서로 가장 자신 있는 챔 피언을 가픽했다.

바로 제이드.

두 선수가 대한민국 로크 챔피언스 리그 결승전에서 보 여줬던 야소와 야소의 대결을 기억하는 이들은 제이드 미 러전도 분명 좋은 경기가 나올 거라는 사실을 알기에 환호 했다.

그러나 이 카드를 꺼낼 때가 바로 지금은 아니라고 말하 듯 두 선수가 잠시 얼굴만 비춘 제이드를 뒤로 하고 다른 챔피언을 각자 꺼내들었다.

"아아! 베놈 선수의 챔피언은 팡테온이군요!"

"아주 영리한 선택이라고 할 수 있습니다. 기본적으로 브레이커 선수의 강점이 뭡니까? 스킬샷을 피하는 무빙이 죠. 팡테온은 그런 고민을 많이 줄여줄 수 있는 선택이에 요. CC기도 있고 공격스킬과 CC기가 모두 타게팅 스킬이 라 확정적으로 맞출 수 있다는 거죠."

"게다가 한 방, 한 방이 강력하죠? 1:1에서는 역시나 강력 한 챔피언이라 예선전부터 많은 사랑을 받았던 픽입니다."

"단점이라고 하면 이런 1:1 구도에서 궁극기는 별반 활용할 여지가 없다는 것 정도 있겠네요."

"6레벨 이전이 최고의 전성기가 될 겁니다."

합리적인 선택인 건 확실했다.

그러나 팬들은 베놈의 선택에 만족하지 못했다.

충분히 강력한 챔피언이라는 건 알지만 보는 맛이 영 좋지 않은 챔피언이었다.

게다가 이번 대회 개인전 예선부터 도대체 몇 번이나 나왔는지 셀 수도 없이 많이 나온 닳고 닳은 챔피언이기도 했다.

반면에 브레이커의 픽은 신선했다.

"아아! 브레이커 선수는 우르고를 선택했네요."

"사실 우르고도 1:1 상황에 굉장히 특화된 챔피언이죠. 조건부 타겟팅 스킬도 갖고 있는데요."

"우르고의 궁극기도 큰 활용도가 없어보이는데 어떻습니까?"

"확실한 킬 각이 나왔을 때 위치를 바꿔주며 몇 대라도 더 때릴 수 있다면 충분히 메리트 있는 스킬입니다."

"그렇군요! 그렇다면 두 챔피언의 라인전 능력은 어떻게 평가하십니까?"

"기본적으로 팡테온의 패시브에 우르고의 공격이 막히지만 반대로 팡테온의 유일한 공격 수단인 창던지기가 우르고의 쉴드 스킬에 막히거든요? 두 개의 방어 수단이 빠진 상태에서 적절히 딜을 교환하는 능력이 승부의 관건이 되겠죠."

그렇게 펼쳐진 1차전.

기본적으로 단단한 챔피언들이라 서로 아이템은 공격적인 선택을 할 수 있었다.

화끈한 난타전이 될 가능성이 농후했다.

그러나 단순 스킬셋으로 대결을 펼칠 경우 불리하다는 걸 직감한 브레이커는 스킬 선택에서 차별을 두었다.

"1레벨 스킬이 견제기가 아니라 쉴드 스킬이군요."

"팡테온이 던지는 창을 효과적으로 막아 내겠다는 의지죠."

"하지만 방어적인 선택이라 보기는 힘들 것 같네요. 브레이커 선수가 플레이하는 것을 보세요!"

최선의 방어는 공격이라는 말이 있었다.

반대로 수비적인 여건이 갖춰지면 조금 더 수월하게 공격할 수도 있었다.

지금 브레이커의 우르고가 딱 그런 모습을 보여줬다.

"아아, 견제기에 체력 압박을 당하지 않으면서 안정을 도모하고 원거리인 기본 공격으로 계속해서 팡테온을 견제하네요."

"그렇습니다. 우르고의 사정거리가 긴 편은 아니지만

팡테온에 비하면 충분히 길죠."

"팡테온의 패시브에 몇 차례 막히는 모습이지만 꾸준히 딜이 들어가고는 있네요!"

우르고의 쉴드 스킬 쿨 타임이 마냥 짧은 것도 아니라 팡테온의 창던지기 스킬을 두어대 얻어 맞기는 했지만 효과적으로 공격을 막아낼 수 있는 경우에만 조금 나서서 공격하고 재사용대기시간에 들어서면 거리를 유지하는 영리한 운영이 계속해서 펼쳐졌다.

"이건 말이죠…. 흡사 브레이커 선수와 베놈 선수가 다른 위치에서 플레이하는 것처럼 보이기도 합니다. 오히려 베놈 선수가 저돌적인 공격성을 보여주고, 브레이커 선수가 영리한 운영을 보여주네요."

"뭔가 이것저것 많이 오가고 있지만 크게 한쪽으로 기울어지지는 않고 있습니다."

상황은 나름 팽팽했다.

적절하게 서로의 공격을 방어해낼 수단이 있었기에 평화로운 파밍이 이어졌다.

그러나 이것은 해설진이 미리 말했듯 베놈에게 그다지 좋은 선택은 아니었다.

"팡테온이 기습적으로 스턴을 걸고 스킬 콤보를 넣어도 뚜벅이라 빠져나갈 기술이 없어요. 곧바로 독을 뒤집어쓰고 유도탄으로 날아오는 우르고의 공격을 다 맞아줘야 합니다."

"그래서 섣불리 두 선수가 콤보를 넣지 못하고 견제기만 쓰는 건데요…."

"이게 평화롭게 파밍이 되는 건 좋은데 베놈 선수에게 굉장히 좋지 않습니다?"

"그렇죠. 말씀드린 것처럼 6레벨 이후 궁극기 활용도 면에서 큰 차이가 있거든요."

"어찌어찌 파밍은 서로 잘 하고 있어서 CS 격차는 나지 않는데 이제 곧 벌어지기 시작할 겁니다."

"맞습니다. 지금까지와 다르게 포탑 근처로 접근 자체로 못하게 될 겁니다. 자칫 위치변환기 궁극기에 당해 포탑 안으로 빨려 들어가는 순간 위험해지니까요."

상황은 계속해서 브레이커에게 기울어가는 느낌이었다.

그런 상황 안에서 CS의 개수가 40개를 달성하고 레벨이 6이 되는 순간 움직임이 있었다.

베놈이 본진 방향의 부시 안으로 들어가 몸을 숨겼다.

브레이커는 팡테온의 움직임에 어떤 의미가 담겨 있는지 예상해야했다.

부시에서 몸을 숨기고 있다가 다가오는 우르고를 노리려는 것일까?

부시 안에서 몰래 본진으로 귀환한 것일까?

전자라면 라인을 유지한 채 이득을 챙겨야했고 후자라면 라인을 빨리 밀고 본인도 귀환해야했다.

어쨌거나 결정을 지으려면 예상으로 끝을 내거나 확신을 위해서는 확인이 필요한 상황.

브레이커는 우르고의 단단함을 믿었다.

여차하면 스펠을 사용해서라도 빠져나가기만 하면 궁극기와 아이템, 원거리 공격의 이점을 가지고 유리하게 경기를 이끌 수 있었다.

브레이커가 확인을 위해 부시 방향으로 움직였다.

〈6권에 계속〉

장성필 현대판타지 장편소설 NEO MODERN FANTASY STORY

커서 마스터
Cursor Master

각성자 능력을 잃고 이혼 당한 유정상.

삶의 회의와 가족의 그리움을 느끼던 어느 날,
갑자기 하늘에서 섬광과 함께
떨어져 내린 커서에 머리를 얻어맞고
이유도 알지 못한 채 과거로 회귀해 버렸다.

막무가내로 끌어당기는 커서의 이끌림에
준비도 되지 않은 채 던전에 먹혀버리고,

이전 경험을 바탕으로 몬스터를 처치하던 그에게
돌연 기이한 변화가 시작된다.

새롭게 시작되는 인생과 새롭게 시작되는 역사.
그 속에서 쓰여지는 커서마스터 유정상의 던전 정벌기!

포식의 군주
NEO MODERN FANTASY STORY
2 포식의 군주 풍류랑
1 포식의 군주 풍류랑
포식의 군주 1
집필하던 글의 주인공인 된 태랑!
포식의 군주로서 인류를 구원하라!
3류 소설가 김태랑은 어느 날 기이한 꿈을 꾼다.
소재 고갈에 목말라 하던 그는,
꿈속의 이야기에 영감을 얻어 차기작을 집필한다.
하지만 꿈속의 내용이 현실로 펼쳐지면서
인류는 멸망의 위기에 처하고 만다.
스스로 예지몽의 주인공임을 인식한 태랑은,
미리 알게 된 지식을 바탕으로 인류 해방을 위한
구도의 길에 나서게 되는데….
인류를 구원할 태랑과 동료들의
다이나믹한 모험이 시작된다!
※출판 일정에 따라 출간일은 변경될 수 있습니다.